Johann Frantzen

**Betrug der Allamoda**

Sittliches Gedicht und Schauspiel

Johann Frantzen

**Betrug der Allamoda**
*Sittliches Gedicht und Schauspiel*

ISBN/EAN: 9783743691438

Hergestellt in Europa, USA, Kanada, Australien, Japan

Cover: Foto ©Andreas Hilbeck / pixelio.de

Weitere Bücher finden Sie auf **www.hansebooks.com**

# Betrug der Allamoda/

Sittliches Gedicht vnd Schawspiel.
Auß der Wällischen in die Hoch-Teutsche Sprach vbersetzt vnd vermehrt/
Von
Dem WohlEhrwürdigen Patre Don Constantio Arzonni von Wienn/ Predigern bey S. Benedict auff dem Ratschin zu Prag/auß dem Orden der PP. Barnabiten, vnd Erhöber der Lustbringenden Gesellschafft/ so diese Comedi recitiret.
Vnd
Zu sonderen Ehren
## Ihrer Excellentz
Deß Hoch-vnd Wolgebohrnen Herrn/Herrn
# BERNARDI IGNATII,
Deß Heiligen Röm: Reichs Graffen von Martinitz/
Regierern deß Hauses Smetschna/
Herrn auff Smetschna/Schlan/Horzowitz vnd Mireschowitz/
Rittern deß Guldenen Flusses/
Ihrer Röm: Kayserlichen auch zu Hungarn vnd Böheimb Königl: Mayestät wircklich Geheimben Rath/ Cammerern/ Königlichen Statthaltern/ vnd Obristen Burggraffen zu Prag/re.

Seines Hochgeehrtisten Herrn Schwervatters/
Von
Dem Hoch-vnd Wolgebohrnen Herrn/
## Herrn Johann Frantzen/
Deß Heiligen Römischen Reichs Graffen von Wrben vnd Frewdenthal/
Herrn der Burg Fulneck/Paßkow/Stauding vnd Mratsch/
Römischer Kayserlicher auch zu Hungarn vnd Böheimb Königlicher May: Rath/ Wircklichen Cammerer/ vnd Appellations-Rath im Königreich Böheimb / den 30. Septembris Anno 1660. zu Prag dargestellet.

---

Gedruckt in der Alten Statt Prag / bey Urban Balthasarn Goliasch.

## Inhalt
### Deß Sitten-Gedichts vnd Schawspiels.

Nach dem die Armuth / ein vngestalte Tochter deß Müssiggangs vnd der Ehrsucht / wegen deß erwachsenen Alters ferner nicht kunte verborgen bleiben / entschliessen sich ihre Eltern solche zuverehlichen. Dieweilen aber die Ehrsucht / daß sich keiner der Sach recht annehmen möchte / besorgte / nimbt sie ihr Zuflucht zu der **Scheinbarkeit** / durch deren Rath vnd Zuthun / der häßliche Nahme der Armuth in den angenehmen Titel der Allamoda verändert / vnd ihre Vngestalten durch vnterschiedliche Mittel gantz meisterlich bedecket worden. Dannenhero der **Pracht** / als er die Allamoda vngefehr angetroffen / verliebt sich in dieselbe / vnd mittelst der **Scheinbarkeit** läst er sie von ihren Eltern zu der Ehe begehren. Der **Spahrer** deß **Prachts** Großvatter / vnd der **Wohlvermögenheit** Vatter / die deß **Prachts** Mutter / doch schon verschieden war / nach deme er dieses seines Enickls Vorhaben erfahren / bemühet sich hefftig / Ihn **mit vielen** nützlichen Rathgebungen von dieser so schädlichen Heyrath abzuwenden: Aber alles vmbsonst. Dannenhero er die **Prachtsmässigung** zu hülff zu nehmen gezwungen wird; diese greifft die Sach mit Arglist an / verkleidet sich wie ein Kauffmann / vnd vnter vielen andern schönen Wahren / laßt sie ihm den **Spiegel der Erkandtnuß** / so sie von der **Klugheit** entlehnet / sehen. Der **Pracht** durch betrachtung deß Spiegels gelangt zu der Erkandtnuß seiner selbsten / gehet also in sich / verwirfft die gegen der Allamoda gefaste Lieb / vnd entschließt sich die **Wirthschafft** / als ein Tochter der **Klugheit** / zubedienen. **Burlachin** ein lustiger Gast mit dem **Eygnensinn** entträgt ihm den Spiegel / vnd mittelst der Einladung in einen Garten / wird er wiederumb vberredet / seine gegen der Allamoda getragene Lieb zuvernewern ; wird also die Heyrath völlig geschlossen. Nach beschehener Vermählung / nimbt die **Scheinbarkeit** der Allamoda die dargeliehene Zierathen / mit welchen sie ihre häßliche Gestalt verdeckte / hinweg. Der **Pracht** aber erkennt mit grossem Schmertzen / daß er durch Vermählung der Allamoda die Armuth zu einer vnscheidlicher Gesellschafft genommen / vnd mit ihr nichts anderst erheyrathet / als Wüsteney vnd Schulden / **verflucht** derohalben seine deß **Spahrers** getrewe Räthe / geübte Hartneckigkeit / vnd vermahnet alle vnd jede / sich von der Allamoda / als der wahren **Armuth** / auff das fleissigste zu hüten.

## Mitredner.

A R I O N. } Vorredner.
Warheit. }
Müssiggang / Vatter der Allamoda.
Ehrsucht / deß Müssiggangs Gemahlin / vnd Mutter der Allamoda.
Armuth / vnter dem Nahmen Allamoda, ein Tochter deß Müssiggangs vnd Ehrsucht.
Pracht.
Spahrer / deß Prachts Großvatter.
Lust / Diener deß Müssiggangs vnd Ehrsucht.
Eygnersinn / deß Prachts Diener.
Scheinbarkeit / Nachbarin deß Müssiggangs vnd Ehrsucht.
Prachtmässigung.
Burlachin lustiger Gast.
Gmischmaschius, **Notarius**.
Paßhi.

Fabian. Harownig. deli.

# Vorredner.

## ARION, vnd die Warheit.

<small>Arion erscheint in dem Meer/ sitzend auff einem schwimmenden Delphin.</small>

 As Lieb sey/ vnd was sie kan/
Vom Lieben in der Welt
Weiß jetzund jederman/
Kein Ding ist nicht auff Erden/
Das von der Lieb wär lähr/
Ich lieb die Fisch im Wasser/ die Wellen auff dem Meer.

Den Weinstock pflegt vmbfassen/
Der grüne Vlmbaum/
So jhn nicht kan verlassen/
Es lieben auch andere Bäumer/
Kein Wald ist vor Lieb lähr/
Ich lieb die Fisch im Wasser/ die Wellen auff dem Meer.

Die Sonnewendl Blum/
Der Sonnen sich zuwendt/
Erhält in Lieb den Ruhm.
Die Nachtigal verliebt/
Ansingt die Stern sehr/
Ich lieb die Fisch im Wasser/ die Wellen auff dem Meer.

<small>Die Warheit kombt in einer Wolcken.</small>

**Warheit.** ARION du Wasser-Freund/
Der du dein Lust zubringst/
In dem die Lauten zwickest/ Neptuno lieblich singst/
Die Delphin thun dich tragen/wie Schiff bald hin bald her/
Du liebst die Fisch im Wasser/die Wellen auff dem Meer.
Erlaub mir die Ehr/
Hör an was ich dir sag/
Erlaub mir zu dir kommen/zu hören meine Klag.

**ARION.** Du schöne Tugend-Zier/
Komm nur zu mir/
Brauch deinen Gewalt/
Bewürdige die Wellen/nimb da dein Auffenthalt.
Sag an O **Warheit** mein/
Vnter was frembden Schein/
Vermummert vnd vergstalt/
Verstellst der Warheit Gstalt.

**Warheit.** Also zu egnem Schutz/
Muß ich jetzund auffziehen/
Vnd mit der Lugen Tracht/die Warheit vberzichen.

Man wil zwar haben die Warheit/aber nicht hören an/
Darumb bin ich verfolgt/ vnd hab doch nichts gethan.
Also kein Wunder trag/
Daß ich so frembd erschein /
Fein rund ist mein Außsagen/ verninm die Meinung mein.
Wie thorrecht ist der Pracht/
Daß er kein Nach mehr acht /
Daß er das sein verschwendt/
Nach ALLAMODA tracht /
Wer ist das schöne Muster/ so jhn verliebt gemacht ?
Nichts als die Armuth lähe /
Von Müssiggang vnd Ehrsucht kombt diese Tochter her.
So dem Pracht also gfällt /
Kein Wunder ALLAMODA, acht man nur in der Welt.
Die Scheinbarkeit sie ziert/nach der Verblendung Kunst/
Durch Eygnen Sinn hat sie beym Pracht erlangt die Gunst.
Die ALLAMODA muß jhm werden zu der Eh /
Wann er sie wird bekommen/ach wie wirds heissen Weh !
Das HeyrathGut wird bstehn/in lauter Wüstenen/
Im Beutel Lari fari, vnd Schulden auch darbey.

Zu Gefallen vnd Ehrn BERNARDI, in einem Sittenspiel/
Also verkleydt die Warheit/ich jetzt vorstellen wil.
BERNARDO zu Gefallen/
Vivat, vivat soll erschallen/
Dessen Tugendt/ Witz vnd Sinn /
Zu loben ich gewiß erstumb vnd Redloß bin.

*Die War-
heit flihet
hinweg.*  Vivat BERNARDVS, Vivat, der Tugendt Zier vnd Ehr/
Ihr Felsen last erschallen/sein Nahmen auff dem Meer.

ARION. Schön Danck/ O klare Warheit /
Vmb dein gegebnen Bericht/
Das Meer wil ich verlassen/
Mich machen auff die Strassen/
Weil noch der Tag nicht bricht.
Das Spiel verhoff soll werden/ ein Schuel der wahren Ehr/
Ade jhr Fisch im Wasser/ jhr Wellen auff dem Meer.

# Erste Handlung.

## Erster Aufftritt.

### Pracht / Eygner Sinn / Passhi.

*Althier ver-
schwindt das
Meer/ vnd
die Bünn ver-
ändert sich in
eine Stadt.*  IN Summa / Karten- vnd Wirffelspiel gehet nicht wie mans vermeint/
vnd wie mans haben wil.   In newlichem Piquet hab ich gehofft den Buben / vnd
hab einen Siebner gehebt.   Wanns einmahl wär gewest / ich hette es gar nicht ge-
acht/ die vermaledeyte Karten hat mich allzeit erdappt.  Wie war das Passadieci ?
Was war das für ein Fressen?  Vor mich vber Zehen zu werffen / haben die Wirffel schon
längst vergessen:  Sechs ist auch ein ehrlichs.   Ja wanns nur einmahl wär gewesen / aber
dreymahl auff einander/ der Teuffel traw mehr/ wann Hauß vnd Hoff Vnglücks voll ist.

Das

Fabian. Harownia. deli:

**Eigner s.** Das ist ein schlechter Verlust/ es wird gewiß Ewer Gnaden Verderben seyn? Vmb eine Doplon ist weder auff noch ab/mit sieben zu multipliciren/ das ist die rechte Gab.

**Pracht.** Vnter meinen Sorgen allen/ ist die geringste das Verlieren. Verlieren bin ich schon gewohnt/es ist mir gar nichts newes.

**Eigner s.** Ein Spieler/wie sie seynd/soll selten ein Spiel verlieren.

**Pracht.** Es ist wahr: Aber die Vntrew deß Wirffels thut mir den Kopff verwirren.

**Eigner s.** Seynd sie doch nicht allein.

**Pracht.** Eben das ist mein Trost. Vnd wann ich gleich verliere/ so weiß ich/ daß ich noch mehrers zu verlieren hab. Es gibt zwar solche Leuth/ die meine Wirth nicht seyn/ doch mir die Raittung machen.

**Eigner s.** Diß Land ist also beschaffen/daß es nur bringt herfür solche verschmitzte Köpff/ vnd Nasenwitzige/die allzeit wollen wissen besser/was andere machen/als sie verrichten selbst.

**Pracht.** Diese Lufft tauget nicht vor mich/die Welt ist noch weit: Das Geld zu spendiren finde man noch Lands genug. Man wird noch sehen vnd spühren/was der **Pracht** vor ein Prachtübung / einem andern zu Trutz / kan führen. Meine Nativitet verspricht mir solches Glück/ Hohe Würden/ Preyß vnd Ehr/ daß darzu wird kommen/ daß der Geschichten- vnd Zeitungschreiber ihr Feder mich wird rühmen.

**Eigner s.** Zu Trutz demselben Gesind/so die Sonnen allein nur in ihrem Hauß wollen haben.

**Pracht.** Welan / es ist nunmehr zeit auff den Ring mich zu verfügen / allwo ich bin erwart von etlichen meines gleichen / so mein Rath begehren in gewisser Stritigkeit: Es möchte wohl kommen zum Treffen/das Hirn vnd den Beutel thut dieser Streit betreffen.

**Eigner s.** Wie so?

**Pracht.** Es ist deß Beutels Beklagung/ er sey so groß als er wil/ so kan er doch nicht klecken/ vnd seyt dem Hirn gleich: Herentgegen ist auch die Klag deß Hirns nicht viel minder/daß es dem Beutel muß weichen. Kein Verstand ist so groß/der köntte dem Beutel gleichen.

**Eigner s.** Dieses Recht ist verlohren. Man kan wohl singen vnd sagen/ aber Beutel vnd Verstand können sich nicht vertragen.

**Pracht.** Holla Eygner Sinn! Gehe hin zu dem Sattler / frag/ ob der bestellte Wagen ( du weist wohl für wen) schon vor einem Monath versprochen/noch nicht fertig sey?

**Eigner s.** Jetz den Augenblick geh ich.

**Pracht.** Hörst du? Im Fürübergehen bey dem Frantzosen/zahl die gemachte Hembder von Niderländischer Leinwat/mit den schönen Spitzen/so ich genommen hab.

**Eigner s.** Herr/ so viel ich vernimb/er wil eins nicht anderst lassen/als vmb zwantzig Ducaten.

**Pracht.** Zwantzig Ducaten? Gib achtzehen/ist er nicht zufrieden/so zahl ihn für völlig/ich werde darumb nicht verderben/mit der zeit wird schon kommen die Raittung auff die Erben.

**Eigner s.** Das Liedl ist kurtz/ vnd gefällt mir. Da hat ein Diener die Ehr/ wann er für seinen Herrn also spendiren kan. Ich wil den Beutel schon drucken/ich wil von diesem Fleisch auch haben eine Suppen.

## Anderter Aufftritt.

### Müssiggang/ Lust/ Ehrsucht.

**A**Y / ay / was hab ich gethan/ daß ich hab Ja gesagt! Ach weh / ach weh/ ich armer Mann!

**Lust.** Vnd ich lach recht von Hertzen.

**Müssig:** Du leichtfertiger **Lust**/ wilst du durch dein Lachen erweisen: Wer den Schaden hat/ der darff vmb den Spott nicht sorgen.

**Lust.** Herr/ erzürnet euch nicht/ sondern führet zu Gemüth den offt gegebenen Rath. Wie offt hab ich gesagt: Wer wil haben zu schaffen / kauff ein Vhr/ nimb ein Weib/ vnd schertz mit Affen.

B             Mein

**Müssig:** Mein Weib/ das ist kein Weib/ die Warheit ist klar vnd hell/ daß ich mir hab genommen einen Teuffel auß der Höll. Es ist gering geredt; man kennt das Lied am Thon. Auff Teutsch heist mein Weib Ehrsucht/auff Wällisch AMBITION.

**Lust.** Hett der Herz gefolgt meinem Rath/ so rewet jhn nicht der Kauff. Der Guardinfant hieß bey mir so viel/ als/viel Geschrey vnd wenig Well. Wolte ich darwider redten/ so gefiel ich halt nicht wohl. Zwar nach geschehener Sach/muß man das beste reden. Gemach Herz/ damit es die Fraw nicht höre.

**Müssig:** Wann man den Wolff nennet/so ist er da.

**Lust.** Es gibt gewiß ein Wetter/ lähr gehets gewiß nicht ab.

**Ehrsu:** Feiner Herz/ wie embsig in Geschäfften/ wie schwitzt jhm nicht die Stirn?

**Lust.** Wie den Gänsen die Füß im Winter.

**Ehrsu:** Was für ein saubern Mann hat mir das Glück nicht geben? Ich meinte / er wäre der best/ so sihe ich/ daß er ist ein faules Wantzen Nest.

**Müssig:** Ein grosses Wunder wäre/wann ich nur eine Viertelstund kunte im Frieden ruhig leben.

**Ehrsu:** Leben ohne Gedancken/keine Sorg gar nie zu nehmen/im Lotterbeth faullentzen/ heist das im Frieden leben? Jhr wisset gewiß nichtes darvon/ daß die Tochter ist erwachsen/ man muß jhr geben einen Mann.

**Müssig:** Euch trifft die Sachen an; habt jhrs so vngestalt gemacht / so tragt sein selber diese Wahr auff den Marck.

**Ehrsu:** Reym dich/oder ich friß dich. Schaw wie spitzfindig geredt?

**Lust.** Just wie ein Esel Ohr.

**Ehrsu:** Es ist sowol mein als ewer; jhr wists auch am besten/ wie beschwerlich sie vns ist.

**Müssig:** Freylich weiß ichs/ vnd weiß nur gar zu gut/ daß vnser Kümmernuß ist/ diese vnser Tochter Armuth.

**Ehrsu:** Stille/ damit mans nicht merckt.

**Müssig:** Wir habens schon längst gemerckt.

**Lust.** So lang wird seyn diese Tochter zu Hauß/ so ists mit dem Frieden auß.

**Müssig:** Ein so garstiges Aaß / ein Außbund aller Mängel? Viel Jahr hab ichs vertuscht / aber mit was für Schmertz / das weiß allein mein Herz. Armuth zu verbergen / ist gewiß ein grosser Schmertz. Jetzt da sie ist erwachsen/sie weiter zu verbergen vnmöglich ich befind. Man fange schon an zu reden; dannenhero zu verhütung weiters Spotts / nur bald mit jhr fort.

**Ehrsu:** Aber euch trifft die Sach.

**Müssig:** Der war ein Nar:/der ein Kummer nehm. Thut nach ewerem Belieben vnd Gefallen.

**Ehrsu:** Das meinige hab ich gethan/mit Kunst der Scheinbarkeit/vnserer Nachbarin/vnd habe sie so verstellt/ daß sie nicht scheint die vorige/ vnd manchem schon gefällt.

**Müssig:** Krausen/Polieren/anstreichen vnd schmieren/anlegen vnd butzen/den grausamen Mutzen/ das kan man wohl thun/aber darumb nicht finden gleich in der Ehe einen Mann/ wanns nicht einer wär / der mit seinem Gütel nach Straßburg wäre verreist. Vnangesehen dieses alles/ wann nichtes anders wär / ein voler Nahm ist Armuth. Wie manche schöne Tochter hat dieser Nahm verschlagen.

**Ehrsu:** Auff dieses bin ich gleich gedacht gewesen / darumb ich jhr den Nahmen in einen andern verkehret/ damit man sie nicht kenn/ wird sie nicht mehr die Armuth/Allamoda wird sie genennt.

**Müssig:** Schöner Nahm. Aber getrewe Ehrsucht/ habt jhr das mehrere gethän / folgt ferner in dem Werck. Vor mein Theil bin ich zufrieden/ wann sie nur kombt auß dem Hauß/sie heyrath oder ersauff.

**Ehrsu:** Ey pfuy/ mein Tochter ersauffen? Ich werde wohl noch einen finden / der mir diese Wahr wird müssen bezahlen.

**Müssig:** Last mich nur mit Fried/gebt jhr was jhr wolt/ versetzt was ich hab/ alle meine Güter zu jhrer Morgengab.

**Ehrsu:** In der Lieb ist verspielt / wer nicht Denari spielt /, dann jetzt in der Welte / die beste Müntz ist Geld.

Thut

Müssig: Thut was ihr wolt/verkaufft/versetzt/verhandelt/vermüntzt alles was ihr wolt/ es sey Silber oder Golt.   Ich kan nicht mehr zuhören/ich hab die Ohren voll.

Ehrsu: Also machens die Männer/wann sie werden toll/wann sie kein Sorg wollen tragen/ so pflegen sie zu sagen/ich hab die Ohren voll.

Wolges: Wert Fritz du gewünst es.

### Dritter Auffteritt.
#### BVRLACHIN, Ehrsucht.

Ach Weh! Ach Weh! Es wachsen mir schon die grawe Haar/wie den Alten Raaben/ wann ich gedenck an die Güldene Zeit/ daß man einem die Bratl vor dem Hindern hat weg genommen/ich möchte anfangen zu weinen/ daß mir die Augen vor Lachen möchten vbergehen. Es kan bald darauff die Silberne Zeit/daß man vmb einen Groschen ein Tutzet Nasenstüber hat müssen außhalten/ vnd hat ihn noch nicht bekommen. Nacher kam die Höltzerne Zeit/daß man einen lieber hätt prügeln lassen/als was zu Fressen geben. Vnd waß ich gedenck der hinterlassenen Gedächtnuß meines leiblichen allerliebsten Brudern Francholin, der vor Drithalb Viertel Jahr weniger 6. Wochen/mir hat erzehlet der guten Operation seiner Dreypfündigen Fleischpillulen/mit welchen er seine Gesundheit gepflegt/wie angenemb er gewest bey Hoff/mit mehr Geschäfften beladen/als der Hund mit Flöhen/vnd nichts zuverrichten/als ein Lauß in der Kindelbeth. Ach da erzürnet sich mein Ingeweide/ da werden Rebellisch meine Plautzen/es donnert mir im Leib/vnd wann ich mich deß Todes nicht förchtet/so wolte ich mich stracks zu todt fressen. Ach du armer BVRLACHIN, wärst du lieber ein Esel/ so wärest du angenemb bey den Müllern. Dein jederzeit trewgeleiste Faulkeit ist nicht erkennt/in Fressen vnd Sauffen hast nicht deines gleichen/ vnd doch gilt dein Kunst nichts.   Ich hab vermeint/mein todtlebendiger Bruder Francholin solte mir auch zu ein Dienst helffen bey Hoff; so gab er mir zur Antwort/ es ist ein Narr wie der ander/es ist genug/daß einer auß vns den Hoff ist: Hab mich also müssen resolviren, ein andere Gelegenheit zu suchen/trefftliche Condition, in vnserem Hauß gehets voll auff/aber von Flöhe vnd Wantzen; es seynd vnser drey Persohn ordinari bey der Tafel/ aber es gibt zu essen/daß 40. könnem Hunger sterben. Vnser Wein ist gering/ wie Wasser/vnd schmeckt natürlich wie ein Frischbier. Das Brodt haben wir auß Morenland/so schneeweiß wie die Schlesserbuben/ vnd newgebacket wie die alten Duffsteim. Meines Herrn Müssiggangs beste Kunst ist Schlaffen/ er kan länger schlaffen/als ein Currier auff der Post reithen. Mein Fraw Ehrsucht/das ist mir ein Rabenstuck. Die kan sich zäumen vnd putzen/ sie trägt den Kopff in die höhe/wie ein Hengst/ vnd gehet auff der Seithen/wie die Plateiß schwimmen. Von der Tochter sag ich nichts/dann ihr Schönheit blendet die Nacht Eul/ ihr krauße Haaren vergleichen sich den Schindlnägeln/ ihr Nasen vbertrifft die Schleifferklibel/ ihr Wangen die Wittwägen/ ihr Maul die Englischen Hund/ vnd ihre schöne Kleyder könten versehen ein Papiermühl mit Lumpen/ sie drehet den Hindern wie die Endten/ho/ho stille/ da kombt mein Ehrbedürfftige Fraw.

Ehrsu. Zum Fressen hurtig/aber faul zum Auffwarten.

Burlach. Wie zum Fressen/ also zum Auffwarten/ Gnädige Fraw.

Ehrsu: Halts Maul.

Burlach. Nur Brocken her.

Ehrsu: Geschwind lauff alsobald.   Holla wohin?

Burlach: Das weiß ich nicht/ich hab gemeint in die Kuchel.

Ehrsu: Fressen vnd Sauffen ligt dir nur im Kopff.

Burlach: Nein Fraw/ nicht im Kopff/ sondern im Magen.

Ehrsu: Vnser Hoffmeister hat auß vnseren Befelch/etliche Sachen nach Hauß zu bringen.

Burlach: Gewiß ein Büschel Rettig/ vnd ein Spiessel Waturgen.

Ehrsu: Sehe ihm bey/ daß man wägt das Silber für die Erederu/ bey den Juden außsuch die beste Kleyder/die Tafelstuben tapezier mit lauter Goldstuck.

Burlach: Wer wirds aber bezahlen?

Ehrsu: Laß sie darumb sorgen/ verricht was ich befihl.

Burlach. Ich mein wann wir werden ohne Geldt einkauffen/ so werden wir ohne einige Vnkosten gehenckt werden / das wär ein schöne Tapetzerey an Galgen / ich will lieber der Tapezierer werden/als die Tapetzerey.

## Vierdter Aufftritt.
### Pracht/ Spahrer/ Eigner Sinn/ Paßhi.

Je Red Kunst stehet im Beutel/ ein Cavallier der wacker spendirt/ ist in grösseren Ansehen/ als Aristoteles in den Schulen/ Geldt redt wol/ Geldt fecht wol/ Geldt kan alles. Ein Cavallier wegen deß Gelds/ ist glückselig in der Lieb/ wird geforchten in den Bravaten/ wird geacht in der Conversation, wird gelobt in der Rathgebung/ in Summa/ das Geldt macht ihn zu einem Monarchen/ macht ihm zu Sclaven alle Hertzen/ unterwirfft ihm alle Gemüther/ was ist letzlich das Gold und Silber? Ein Ingeweid der Bergen/ ein Wust der Erd/ ein scheinbares Metall: Geldt wird geacht / nicht diewiel mans hat / alßdann wird Geldt geacht/ wann mans anwendt zum Pracht.

**Spaßr:** Alßdann wird Geldt geacht/ wann mans anwendt zum Pracht: O leichtfertige Gedancken! O Pracht meines Stammen unwürdiges Gewächs.

**Pracht.** Mein Herr Großvatter Spaßrer / andere Zeiten/ andere Sorgen/ andere Jahr/ andere Humor, Veränderung gefällt der Welt/ spahrt ihr so lang ihr wolt / mir das Spendiren gefällt/ wil einer seyn geehrt/ so ist das der Weeg.

**Spaßr:** Ja der Weeg zum Verderben.

**Eigner s.** Brumbt nicht der alte Scherm.

**Spaßr:** Dein Außgab ist groß/ die Mittel thun sich minderen. Der Resto der gehet drauff. Gehe in dich selbst/ erspahre das Gelot.

**Pracht.** Wer viel spendirt/ hat zu einer Schatzkammer den Himmel.

**Eigner s.** Ja/ wo man Gäns und Hüner brat.

**Spaßr:** Wers wohl anwendt/ der findts im Himmel.

**Eigner s.** Aber meines Herrn Geldt/ findt man bey den Kauffleuthen/ Köch und Schneidern.

**Pracht.** Wer unsparsamb außsäet/ der hat reiche Erndte zugewarten.

**Spaßr:** Kein Saam gehet auff/ wann unfruchtbar ist der Acker.

**Eigner s.** Der Alte hat ein fruchtbaren Kopff/ es werden ihm bald die Esel Ohren auffgehen

**Pracht.** Ich laß zu/ wann mans nützlich anwendt: Aber Hund halten zum Bätzen/ damit man zur Zeit ein frischen lufft schöpffen kan/ Pfeerdt außzuhalten/ damit sich in Ritterspielen exerciren, offt Banquet halten/ alte gute Freund zuerhalten / und newe zugewinnen/ grosse Herren beherbrigen/ ihren Schutz zuerlangen/ und im Ballhauß mit der Ragetta zulüben/ die überflüssige Feuchtigkeiten zuvertreiben / oder daß man nicht zu fett werde / heist dieses auff unfruchtbaren Grund außsäen den Saamen?

**Eigner s.** Picqueten ist auch gut im Sommer vor die Flöhe/ das Lurgen vor die Wantzen.

**Spaßr:** Ach Enickel/ ach Pracht/ zwar von meinem Geblüt / aber nicht meiner Arth. Haab und Gutt verschwindt in deinen Händen.

**Eigner s.** Wie der Pfifferling an der Sonn.

**Spaßr.** Wie das Wachs bey dem Fewer/ wie der Schnee an der Sonnen / ein angezündtes Liecht sihest du gleich/ dich selber thust verzehren/ in dem du anderen leuchst. Freund und Befreundte seynd heutiges Tags wie die Schwalben / sie verbleiben bey einem im Hauß / so lang der Sommer wäret. Wann dein Gutt wird seyn verzehrt / dein schönes Geldt durchbracht/ da wird ein jeder sagen: Ade ein gute Nacht.

**Eigner s.** So haben wir das zum besten/ daß wir alle schlaffen gehen.

**Pracht.** Zeit und Witz vertragen sich nicht / wann die Jahr wachsen / so nimbt ab der Verstand. Dannenhero als ein alten Graisen entschuldig euch / und als ein Vattern thue ich euch verehren/ ein Vatter wil ich euch nennen/ dieweil die allgemeine Meinung ist/ daß die reiche Fraw Reichthumb löblichster Gedächtnuß/ ewer werthe Tochter gewesen/ und mich gebohren hat.

**Spaßr:** Ach unglückselige Gedächtnuß! Ach Tochter/ Ach Hertz/ Ach Leben/ von mir so lang erzogen/ wo bist so geschwind hinkommen? Wer ist ein Ursacher/ als du O Pracht! Dein Geburth war ihr Todt. Sie gebahr dich mit Schmertzen/ und wurd darauff so krafftloß / daß sie zuerhalten von Aloe und Wermuth der bittern Zins und Schulden etlicher Pillu-

len

len müste schlucken. Dieweilen aber der Magen von Verzinsungen war verschleimbt/ könt sie solche nicht verdäwen/müst also endlich sterben/elendiglich verderben.

**Eigner ſ.** Hat sich wohl Magen/Magen hin Magen her/wann Zeit ist so muß man gehen.

**Pracht.** Daß ich ihren Todt herzlich nicht empfinde/ ist weniger nicht/ aber daß ich mir darumb die Augen solt außweinen/gebührt keinem Cavallier.

**Eigner ſ.** Weder mir/ so wahr ich ein ehrliche Jungfraw bin.

**Spaßr:** Gedenckst du aber nicht/daß ihr Sterben/wird seyn dein Verderben?

**Pracht.** Mein Dienst.Herr Großvatter/ewer Humor vnd mein Humor spinnen kein gleiche Seiden.

**Eigner ſ.** Herr/ spinne ihm lieber ein Strick an Hals/ vnd last ihn lauffen. Geldt/ wann der alte Geck jünger wär/wie wol wolt er in ewer Liedl stimmen.

**Spaßr:** Gehe hin verlohrnes Kind/folg deinem Eygnen Sinn/es wird die Zeit schon kommen/daß mein verachteer Rath/dein Vnglück vnd Vbelstand vergeblich wirds beweinen.

## Fünffter Auffritt.
### Müssiggang/ Wolgefallen/ Spahrer/ Prachtmässigung.

#### Gesang.

Wo Kümmernüß waiden/
Wo Herzen thun leyden/
Wo Frölligkeit meiden/
Auffsagen den Frewden/
Wird zwungen ein Herz.
Ich laß mich nicht finden/
Wo Sorgen thun binden/
Lustig zu leben/
In Frewden zu schweben/
Da wil ich gern seyn/
Arbeit vnd Sorgen seyn vor mich ein Pein.

**Wolgef:**
Im Läger zu kriegen/
In Schlachten obsiegen/
Den Büchern obliegen/
Mit Wucher berriegen/
Wär mir nur ein Schmerz.
Ich laß mich nicht finden/
Wo Sorgen thun binden/
Lustig zu leben/
In Frewden zu schweben/
Da wil ich gern seyn/
Arbeit vnd Sorgen seyn vor mich ein Pein.

**Müssig:**
**Wolgef:**
Wolan last vns singen/
Mit Frewden rumbspringen/
Gut Wein last vns bringen/
Die Seitten last klingen/
Erquickt vns das Herz.
Ich laß mich nicht finden/
Wo Sorgen thun binden/
Lustig zu leben/
In Frewden zu schweben/
Da wil ich gern seyn/
Arbeit vnd Sorgen seyn vor mich ein Pein.

**Spaßr:**
Ein feines Lied/
Ich laß mich nicht finden/
Wo Sorgen thun binden/
Lustig zu leben/
In Frewden zu schweben/
Da wil ich gern seyn/
Arbeit vnd Sorgen seyn vor mich ein Pein.

Ach leider! Wie wohl practiciret dieses Liedl mein Prächtiger Enickl der Pracht/ freylich wol Arbeit vnd Sorgen seyn vor jhn ein Pein. Aber was ärger ist / vnd mir das Hertz durchdringt / ist daß ich jhn in der Lieb der ALLAMODA also vernarrt befind. Ist es dann möglich / daß eine von häßlichen Gestalten vor schön wird gehalten? Wie kan diese newe Circe vnd Medea die Menschen also verkehren/ Witz vnd Vernunfft benemmen/ vnd sie thörecht machen. Dannenhero mein werthe Freundin Prachtmässigung/ weillen euch der Policeybrauch gar wol bewust / vnd desselben ein Vorsteherin seyt / durch ewere Mittel vnd Rath/ ist mein Verlangen diesen jungen Pürschel meinen Befreundten den Pracht/ wiederumb auff ein gute Bahn zu bringen.

**Prachtmäss.** Wie kan ich euch helffen?
**Spahr:** Mit ewerer Authoritet vnd Macht.
**Prachtmäss.** Die hab ich nicht.
**Spaßr.** Seyt jhr nicht dieselbige / welche in Kleydung vnd Spendirung die rechte Ordnung/ Maß vnd Ziel gibt/ vnd Prachtmässigung wird genennt?
**Prachtmäss.** So lang als mein Mutter Astrea Scepter vnd Recht geführt/ da war ich in grosser Authoritet vnd Ansehen/ jetzt aber weil die Gesätz verworffen/ die Billigkeit vnterdruckt / vnd die Freyheit (ja besser genant Frechheit) vberhand genommen/ da bin ich worden veracht/ bey Jungen vnd Alten.
**Spaßr:** Was hör ich? So lebt die Welt jetz nicht wie sie soll/ sondern wie es jhr gefällt.
**Prachtmäss.** Wer wil eim Aberwitzigen Maß vnd Ordnung geben/ was für ein Ziel/ weil er sich stürtzen wil? Wann Klugheit nicht hilfft/ so ist gewiß vergeblich/ was der Blinde gibt vmb das Liecht.
**Spaßr:** Lebt die Klugheit noch?
**Prachtmäss.** Durch Wunder deß Himmels/ aber in jhren alten Tagen/ muß sie viel Wehtag tragen.
**Spaßr:** Wem man nie sihet/ halt man vor todt/ also mit der Klugheit vermeine ich seye es beschaffen.
**Prachtmäss.** Wer veracht ist/ lebt gern allein/ also lebt die Klugheit / vnd dieweil ich in Verachtung bin worden jhr gleich von dieser Thörechten Welt / so trösten wir vns beyde / in dem eine der andern jhr Vnglück selbst erzehlet.
**Spaßr:** Wie wär aber der Welt/ bevor meinem thörechten Enickl zu helffen?
**Prachtmäss.** Mittels eines Spiegels / so die Klugheit mit grosser Kunst / vnd nicht minderen Vnkosten/ auff ein Zeit gemacht.
**Spaßr:** Soll dann ein Spiegel so viel Würckung haben?
**Prachtmäss.** Der Spiegel wird genennt die Erkandtnuß seines eygenen Stands / wer sich wohl spiegelte in diesem Spiegel/ vnd diesen wohl betracht/ mache jhm selbst ein Ordnung/ vnd mässiger gewiß den Pracht.
**Spaßr:** Silber vnd Gold/ ja mein eygenes Leben wolt ich gern vmb diesen Spiegel geben/ wann ich jhn nur könte haben.
**Prachtmäss.** Die Tugende ist nicht feil / aber durch Freundschafft verhoff ich zu haben / was man nicht kauffen kan.
**Spaßr:** Gehet hin/ der Himmel sey euch genädig. Ach wie trostreich werd ich seyn/ wann ich zu der Erkandtnuß deß eygenen Stands den Pracht werd können bringen.

## Sechster Auffritt.

BVRLACHIN, Ehrsucht/ ALLAMODA, Scheinbarkeit/ Pracht/ Eygner Sinn/ Pasȟi.

Ich hab einmahl in mein Kindlichen Tagen/ wie ich 40. Jahr bin alt worden/ mit meinen eygenen Füssen gehört/ daß zwey Meister können ein altes garstiges Weib/ schön vnd jung machen/ ein Schneider vnd ein Mahler: Der Schneider muß die Falten außpiegeln/ vnd der Mahler muß sie vbermahlen. Aber vnser Nachbarin die Fraw Scheinbarkeit von Blossen Schein/ das ist mir ein Vogel / sie hat auß vnserem garstigen Rabenvieh vnserer Fräwle ALLAMODA ein so schönes Bild gemacht/ es ist so hertzig / als wie ein

junger

junger Esel in einer Wiegen. Sie hat zuvor ein Gesicht gehabt / als wann mans hätt mit Hasenschröt geschossen/aber jetzt hat sie es so schön vberstrichen/als wanns von Wachs gemacht wäre. Sie hat sonsten ein kleins Mäulele gehabt/daß einer mit eim Fuder Hew hätt können darinnen vmbkehren/jetzt ziecht sie es zusammen/als wie ein Fuhrmanns Taschen. Ihre Händel waren recht natürlicher Frangipan Arth/ vnd lind/ daß man Käß vnd Muscatennuß könt darauff reiben / aber jetzt hat sie es mit Pomada so vberschmiert / vnd glatt gemacht / daß einer darauff könt im Schlitten fahren. Sie hats mit Lumpen vnd Fetzen also außgeschopt/daß sie ein paar Brüst hat/ wie ein Dreyjährige Schweitzer-Kühe. Die Schne seyn ein klein wenig nidriger/als ein paar Stelzen/sie gehet so hurtig/als wie ein brochenes Mühlrad/vnd so glenck in Gliedern/als wie ein rostiges Taschenmesser. Vnd die Warheit zu sagen / ich bin halb vnd halb in sie verliebt/ ich brinn in der Lieb / wie die Eißzapffen an Tächern. Es zappelt mir vor Lieb das Hertz im Leib/als wie ein Mühlstein / der Appetit vergeht mir / so bald ich mich schlaffen leg. Das Essen vnd Trincken wil mir nicht schmecken/wann ichs nicht hab. Es ist kein Wunder/daß man sagt/die Lieb sey blind/dann der Gott Cupido hat mir nach dem Hertz gezielt/ vnd hat mir in das blinde Fenster getroffen; darumb kein Wunder ist/daß das Fewer der Lieb also herauß raucht. Ach Lieb wie groß ist dein Gewalt! Wie plagst du nicht mein hertziges / holdseliges / auch tausendtliebes Hertz / ich zergehe vor Lieb / wie der Pfifferling an der Sonne. Ach da kombt mein Göttin/das holdselige Rabenstück.

Allam: Ach weh meiner Armben/ach weh meiner Seithen/wie bin ich nicht gespannt?
Burlach: Ich auch.
Schein: Ein Jungfräwle ihres gleichen/soll solches nicht achten.
Allam: Soll ich dann ein gantzen Tag also eingespannet bleiben?
Burlach: Nein/nur 24. Stund.
Ehrsu: Hab Gedult Tochter / wir wollen vns nur lassen sehen/ wiederumb nach Hauß kehren/ alßdann wil ich dir von diesem Last helffen.
Burlach: Wo bleibt aber das Essen?
Allam: Hungert dich dann?
Burlach: Freylich/ewer Schönheit macht mir gleich ein Appetit zum Essen.
Allam: Ach Fraw Mutter wie druckt mich der Planschet.
Burlach: Vnd mich die gefressene Bratwurst vor drey Jahren.
Ehrsu: Ach Tochter leyd Gedult/gedenck/ schön außzusehen/soll man alles leyden.
Burlach: Ich leyd schon längst Hunger/ich muß gewißlich schön außsehen.
Schein: Diß wolt ihr auch mercken / daß man mit Arglistigkeit mehr als mit dem Werck der Kunst sich kan schön machen vnd gestalten. Es ist nicht allezeit dem Angesicht mit Anstrich geholffen. Hat man ein Mangel an Augen / so laß man sein den Flohe biß auff die Nasen fallen. Seyn die Lefftzen nicht roth/zwick man sie nur ein wenig mit den Zähnen/so erfahrt man schon die Scharlach gefärbte Haderle. Ist die Ney etwas zu spitzig/ oder zu breit/ so stell man sich als wann ein frühreer / vnd steckt das Maul in Steutzel. Ist die Haut deß Halß zu schwartz / so verdecke mans mit Spitz vnd Leinwat / so wird jederman sagen/ daß man auß Züchtigkeit den Halß nicht woll entblössen. Hat man Kräts oder Wimmerle an den Händen/so tragt man Finger gestutzte Handschuech. Diß ist genug für die heutige Lection. Ade.
Allam: Bedancke mich der Vnterweisung.
Ehrsu: Wo eylet die Fraw hin so geschwind?
Schein: Von einem Kauffmann werde ich erwart.
Ehrsu: Was trifft die Sach an?
Schein: Ich wils sagen in Vertrawen/aber daß nur bleibt verschwiegen.
Burlach: Weiber schweigen/sie schweigen wie die Frösch im Sommer.
Schein: Dieser Kauffmann hat erfahren/daß ich ein grosse Anzahl hab/von gemahlten Schachteln / so der Betrug pflegt jetzt zu mahlen / so hat er mich gebetten / sein Laden mit dieser Wahr auffs ehiste zuversehen.
Ehrsu: Feinte Wahr/bitt sie lasse mir auch was zukommen/ich vnd mein Tochter habens vonnöthen.

Ich

Schein: Ich erwarte ein gantze Flotta auß dem Land der Lugen / aber vor einer Wochen seyn sie alle schon versprochen.
Burlach: Jungfraw gebt nicht / schawe wer kombt?
Ehrsu: Tochter hab acht.
Schein: Gedenckt auff mein Lehr.
Pracht. Meine Augen / was sihe ich?
Burlach. Ein Khue auß Callabria.
Pracht. Ist dieses ein jrrdisches Geschöpff / oder ein Göttin Venus?
Burlach: Ja es ist ein Venus Kind / vnd ist nicht weit von dem Gestirn deß Mars gebohren.
Pracht. Mein Göttin ich verehre sie / vnd küsse mit Vnterthänigkeit die Füß.
Allam: Ich neige mich gantz schuldig.
Burlach: Der Kerl drähet sich so glenck / als wann man jhn schon zweymahl hätt radgebreche.
Pracht. Ach Augen! Ach Stern! O schöne Sonn deß Himmels! Der Schnee ist nicht so weiß / als dieses Edle Bild / Kunststuck deß Paradeis.
Burlach: Bey dem Kerl ist Faßnacht / dann sein Verstand gehet in die Mascarada.
Ehrsu: Seyn die Caretten schon da?
Burlach: Jetzt kombt gleich ein Mistwagen.
Ehrsu: Fraw **Scheinbarkeit** ich befihle mich.
Allam: Ich deßgleichen.
Schein: Gehorsambe Dienerin.
Burlach: Vnd ich verbleib deß Herrn vnterthänige Dienerin.
Pracht. Allerliebste Fraw von **Blossen Schein** / wer ist die Dama, wie heißt sie?
Burlach: Tramperle.
Schein: Ist es möglich / daß sie nicht kennen das Meisterstuck der Schönheit vnserer Zeiten. Die Beherrscherin der Gemüther / den Magnerstein der Anmütigkeit / die Schatzkammer der Holdseligkeit / das Paradeis der Frewden / den Tempel der Lieb / in welchem mit dem Rauchwerck der verlangten Seufftzer opffern alle Hertzen; dieser Venus schencken alle Cavalier, die Tafferle der Bedienung. Sie ist genugsamb bekant / dann ALLAMODA wird diese Göttin genannt.
Pracht. So ist diese die ALLAMODA, welche schon längst mit dem blossen Nahmen mein Hertz hat Lieb gebunden / vnd zu einem Sclaven gemacht.
Eigner s. Ma fôy, sie ist schön / vnd ist ein solches Bißl / das nicht für ein jeden Narren ist.
Pracht. Von dieser Dama hab ich schon hören sehr viel reden / aber der Augenschein gibt an Tag / daß wenig ist / was man von jhr sagt.
Schein: Diß ist nichts / discuriren soll man sie hören.
Eigner s. Das wird gewiß ein Teutsche Rhetorica seyn.
Schein: Zierlich in der Außsprach / geschwind in der Antwort / höfflich in Conversiren, anmühtig in Erzehlen / Sinnreich in Sprüchen / Bescheiden in Vexiren, In Summa jhre Wort / jhre Reden seyn Strick / Ketten vnd Pfeilen / so die Hertzen binden vnd verwunden.
Eigner s. Das muß mir ein Gäschl seyn.
Pracht. Aber was sagt man / hört man nichts / daß sie sol heyrathen?
Schein: Der Prætendenten seyn so viel / daß die Eltern nicht wissen / wem sie die Tochter sollen geben.
Pracht. Die Warheit zu sagen / wann ein Hoffnung wär / so wolt ich diese Festung der Lieb belägern / mit dem Auffwarten. Aber wie heissen jhre Eltern?
Schein: Der Vatter heißt Herr **Müssiggang**. Vnd die Mutter Fraw **Ehrsucht**. Die Tochter wie bewust / ist nicht allein schön / sondern jhr Heyrathgut / wird kommen in baaren Geldt auff 60. Tausendt Laritari. Jtem / ein Schloß zu Wüsteney. 3. Häu-
ser

ser zu Armeney/vnd etliche Aecker/ Felder vnd Weingärten zu Bettelshausen. Vnd wann sie wollen/ damit sie sehen/ daß ich verlang dero zu dienen/ so wil ich die Heyrath tractiren.

**Eigner s.** Die Fraw wil ein Sammetes Wämmesel verdienen.

**Pracht.** Bedanck mich der Gnad/wil mich gewißlich einstellen. Bitt vmb die Ehr/mit einer schlechten Suppen verlieb zu nemmen.

**Scheln:** Hab deroselben auffzuwarten.

**Eigner s.** Führ der Teuffel mehr eine Schmarotzerin daher/ laßt sich nicht wie die Hund anbinden/ sie bleibt für sich selbst.

## Anderte Handlung.

### Erster Aufftritt.

#### Pracht/ Bvrlachin, Verschwender/Paßhi.

An lortz mir zimblich den Beutel/ vnd mit dem Palladieci springe mancher Ducaten/ zwar ein Junger Cavallier muß solches nicht achten/ es ist auch einem ein Ehr/ wann man hört sagen: Dieser hat auff einen Satz Drey Tausend Thaller verspielt/dann man pflegt gleich darauff zu sagen/kan er so viel verlieren/so muß er wohl gewiß reich seyn. Das Geldt in den Truhen verschlossen/hilfft so viel/als das Liecht den Blinden/vnd die Artzney den Todten. Aber wann einmahl Zeit ist/die Pracherbung lassen erscheinen/so soll es gewiß jetzt seyn/ meiner ALLAMODA zugefallen. Ihr versiehbe Zerbini, ihr fähle/wann ihr vermeint mit ewerer eingebutterten Haaren/ewerer Göttin zu gefallen. Altro ci vol che erin, ci vol dell' oro, sagt jene Wäälsche Jungfraw: Lieben ohne Spendiren/ heist auß lährer Schüßl sich satt fressen/ vnd auß lährer Kandel trincken. Meiner ALLAMODA zu gefallen/ vada il resto. Ihr Schönheit ist keim Reichthumb zuvergleichen/ ihr Lieb zu gewinnen/ kan kein Geldt bezahlen. Aber es ligt nicht allzeit am Geldt/ wann man nicht hat einen getrewen/ dem man vertrawen kan / ein Einfältiger taug dartzu: Salbe man ihm die Händ mit Gelt/ so erstumb man ihm das Maul/ vnd binde ihm an die Zung/damits verschwiegen bleibt/ein kleine Instruction darbey/das mache die Sachen richtig/ich mein der BVRLACHIN der wäre recht zu dem Handel/ ich hab auch schon zur Vorsatz verfertiget einen Brieff/ á sé da kombt er daher.

**Burlach.** Es wird sich schon schicken/wann die Häffel dran kommen/sagt der Schneider: Es ist kein so ehrlichs Aembtl/das das Hencken verdient/daß man mirs nicht auffträgt. Newe Zeitung/Herr BVRLACHIN soll ein Heyrathsstiffter werden/ auff Lateinisch ein Heyrathstiffter/ auff Teutsch ein Kuppler. In Summa/ die grossen Ehren lauffen mir nach/ wie die Brawwürst den Windspielen. Mein Främle Altermoda, oder Allapodrida, ich weiß nicht wie mans jetzt so Närrisch nennt/die hat newlich einen Cavallier gesehen/ey so ein Federhansen/ vnd sie ist also verschamerirt in ihn worden/ daß sie wegen der grossen Hitz der Lieb/kein Teuffel kan vom Ofen bringen/sie brennt im Fewer wie ein Wassermühl.

**Pracht.** ALLAMODA in mich verliebt/der Handel wird gut werden.

**Burlach:** Es ist ein gantzen Tag das Gelauff vmb sie/ als wie vmb den Stockfisch am Ostertag: Ich mein es möcht sich einmahl schicken zu einer Heyrath/ daß die Hochzeit in der Schachtley wurd/vnd der Tantz beym Pranger.

**Pracht.** BVRLACHIN Glück zu/ mein Dienst.

**Burlach:** Ja/ha/ha/ist der Herr mein Dienst auch/so seynd wir beyde Herren/seyn diß deß Herrn seine Söhn?

**Pracht.** Behüt Gott/ meine Paßhi.

**Burlach:** Ja/sie werden gewiß deß Herrn seines Herrn Brudern nechste Befreundt seyn. Ich mein die Buben werden gelenck werden zum Mist auffladen.

Wie

**Pracht.** Wie stehe ich bey meim Herrn in Gnaden?
**Burlach:** Das ist einmahl ein gescheider Kerl / er heist mich ein Herrn. Wie er bey mir in Gnaden stehet/ ey so gut/ als wann ich euch nicht kenne.
**Pracht.** Wie gehets zu Hauß?
**Burlach:** Das Hauß kan nicht gehen/aber wol fallen. Ich vermein auff die künfftige Wochen wirds der Teuffel einwerffen.
**Pracht.** Wie gehets der Fräwle ALLAMODA?
**Burlach:** Auff den Füssen wie ein Krebs.
**Pracht.** Wie lebt sie?
**Burlach:** Wie ein Weib.
**Pracht.** Was machet sie?
**Burlach.** Sie suche Flöhe.
**Pracht.** Wie bin ich in ihrer Gedächtnuß?
**Burlach.** Ach Herr / ich darffs nicht sagen! Sie sagt newlich zu mir / BVRLACHIN hast gesehen denselben Cavalier mit den Federn / schön gekleidet? Ja ja sagt ich: Ach wie hab ich ihn so lieb/ aber sags niemand. Wie heist der Herr?
**Pracht.** Cavalier von Pracht.
**Burlach:** Ich hab vermeint Niemand / wann der Herr hätt Niemand geheissen/ ich hätt jhms stracks gesagt/ dann sie hat mir befohlen/ ich solls niemand sagen.
**Pracht.** Kan ich auch von dem Herrn ein Gnad haben?
**Burlach:** Viel Million, wann der Herr keine vonnöthen hat/ der Herr schaff mir wann ich schlaff.
**Pracht.** Könt man nicht ein kleines Brieffl der Fräwle ALLAMODA schicken?
**Burlach:** Schickt jhr auch ein Eselshaut/ was gehets mich an?
**Pracht.** Da mein guter Freund/ habt jhr ein Brieffl/ vnd da ein Ring/ welchen ich zum Zeichen der Lieb/ der ALLAMODA schicke. Euch aber versprich ich ein Allamoda Kleid/ an stadt ein paar Handschuch. O La, wo ist der Hoffmeister Paßbi? Ruff ihm.
**Verschw:** Was schaffen Ihr Gnaden?
**Pracht.** Seyn die Candit von Genua bezahlt?
**Verschw:** Nicht allein die Candit, sondern auch die Venetianischen Marzapan. Ich hab jhm geben was er begehrt hat/ vnd Ihr Gnaden versichern sich/ daß sie darumb ein solches Lob haben/ daß man sie vor den Freygebigsten Cavalier hält. Sie seyn in solchem Credit, daß man jhm ein gantzes Gewelb geb. Es ist jetz ein guter Marzamin von Vicenza ankommen.
**Pracht.** Wie thewer?
**Verschw:** Das Lägl vmb 7. Ducaten.
**Pracht.** Das ist thewer.
**Verschw:** Ewer Genaden seyn gewiß ein Betler / was sollen jhm 7. Ducaten seyn/ wann er 14. begehrt/ sollen sie es nicht achten.
**Burlach:** Ich mein/ mein Kleyd sey in diesem Lägl Wein ersoffen.
**Pracht.** Wolan diesen guten Freund hab ich wegen gewisser Sachen.
**Burlach:** Ist es nicht wegen der ALLAMODA?
**Pracht.** Ja / aber stille.
**Burlach:** So soll ich jhr nichts sagen?
**Pracht.** Da sichta: Diesem guten Freund hab ich ein Kleid versprochen / laßt jhm ein schönes machen/ auff Allamodisch wie mans jetz tragt: Mein guter Freund/ sie lassen jhm die Sach fleissig anbefohlen seyn. Servidor.
**Burlach:** Brieff vnd Ring der Fräwle ALLAMODA, es ist zu viel/ wir wollen theilen/ jhr den Brieff/ vnd den Ring dem Wirth bey 3. Haasen. Tröst dich BVRLACHIN, es wird von Oesterreicher Wein ein Platzregen kommen.

Ander-

## Anderter Auffritt.

### Spahrer/Ehrsucht/Allamoda.

So seyn dann meine getrewe Räth also verworffen/die Erfahrung genennt ein Thorheit? Ach wir arme Alten/ach verkehrte Welt/ ach verführte Jugendt/wie gehets nicht zu in der Welt/es schweben nur die Laster/die Tugendt gehet zu Grund! Da kombt eben daher die Diana, so meinem **Pracht** gefält: Schawet wie dieses Götzenbild verschleyert ist/ vnd verdeckt/daß mans nicht sehen kan/thorechte Jugendt/kaufft mit blinden Augen: Andere Sachen zu kauffen/thut man die Augen auff/beschawt die Sach beym Liecht/die Jugendt aber im Eheben/platz darein gar geschwind/warumb rewet manchen der Kauff/ als daß er ist gewesen blind.

**Allam:** Flegeln genug in der Welt/ vngeschickt genug/ vnseren Gutscher vmb Bericht/der Schlifft wolt nicht außweichen/vnd warff vns fein sauber vmb.

**Ehrsu:** Wer den Todt förcht/ ziehe nicht in Krieg/ vnd schiff nicht auff dem Meer/ wer Ehr vnd Ruhm wil haben/ in Gefahr muß er sich setzen/ da hilfft nichts darfür/ vnd wir vmb ein Pünckelein Ehr/ werden die Gefahr meiden. Es schlagen einander die Pferd/ es brechen den Hals die Gutscher/es gehe der Wagen zu Trimmern/es würgen sich die Lackeyen/ alles muß man nicht achten/ wann man nur kan haben den Vorzug vnd Oberhand.

**Spahr:** Fraw Ehrsucht/ wer hoch wil steigen/ thut sich offt tieff stürtzen.

**Ehrsu:** Ein Vermessenheit wird begangen/ wann man wil Rath geben/ so er nicht ist begehrt.

**Spahr:** Wer ihn aber annimbt/ der thut weißlich.

**Ehrsu:** Eweren Rath bedarff ich eben/als das fünffte Rad an Wagen. Ich verwunder mich ewerer Keckheit/ daß ihr mir so gleich ein Præceptor wolt abgeben. Ihr zusambklaubter Fetzen/wie ist es möglich/ daß ein so höfflicher Cavallier/ wie der **Pracht**/ von ewerem Geblüt herrühret?

**Spahr:** So ist Cavalierisch/ das seine zu durchjagen? Höfflichkeit das seinige zu verschwenden/ manierlich das seine zuverzehren/vnd Vollkommenheit den Beutel außzuläheren? Banckrotiert/ gantz falliert/ heißt das ein wacker Cavallier?

**Ehrsu:** Still mit dergleichen Worten/ schämbt euch in das Hertz/ewerem selbst eygenen Befreundten/ so spöttlich nachzureden.

**Spahr:** Wie man jetzt redt/hab ich noch kein Brauch/noch weniger gelernet/ Gedult muß ich tragen/ vnd auffs newe gehen in die Schuel/ in meinen alten Tagen.

**Allam:** Hat die Fraw Mutter vernommen/wer der **Pracht** ist/ auch wie er sich verhält?

**Ehrsu:** Was haben wir da zu lernen?

**Allam:** Mit einem **Wort**/ er gefält mir nicht/ der Korb ist vor ihn fertig.

**Ehrsu:** Traumbt dir/ oder geschiche dir sonst was/ wirst närrisch/ was kombt dir an/ was ist das newes?

**Allam:** Fraw Mutter/ ich mag ihn nicht.

**Ehrsu:** Einfalt/ es ist wohl ein Schein/ daß du nicht erkennest/ das Glück so dir ist günstig/ was für ein grössere Ehr/ als ein solchen Cavallier zu nemmen zu der Ehe?

**Allam:** Ein schöne Ehr/ wann er das seine verschwendt/ das wär für mich gewiß ein richtiges Testament.

**Ehrsu:** Thue was du wilst/ sag nicht daß ich dein Mutter sey.

## Dritter Auffritt.

### Allamoda, Burlachin.

Da haben wirs/ so darff ein armes Mägdl nichts sagen/sage nicht Spatzer sein Großvatter selbsten/so sein Vntugendt soll verdecken/ daß er mehr Geld möchte verthun/ als die

die Flotta bringe auß Indien. Wer wolt ein solchen Gesellen haben? Mein Mutter hat gute Sach wann sie nur kan treiben den Pracht / so ist die Sach schon recht. Schöne Kleyder zu tragen/vnd stets haben ein lähren Magen/weder zu essen noch zu nagen/mein Mutter hat gut sagen Von was kombts anderst her/daß vnser Haab vndGut den Krebsgang jetzt versucht? Wer ist der Sachen schuldig / als mein Mutter die **Ehrsucht**.

*Burlach: Jauchzet.* Es kombt gewiß ein volle Saw daher. Hab ichs nicht gesagt? Ach BVRLACHIN, du garstiges Aaaß.

Burlach: Fräwle/ Jungfraw/ Mensch/ Dirn/ Magd/ Haußknecht/ allen miteinander ein **gute Nacht**/ Bona dies.

Allam: Die Witz ist schon hin/die Augen gehen auch darauff/ weilen er so vielen ein gute Nacht gibt.

Burlach: Habts nichts zu trincken? Auweh wie dürst mich?

Allam. Wasser für dich du Weinschlauch.

Burlach: Es dunckt mich an der Stimm / es sey vnser Jungfraw Alamire ALLAMODA. Glückseligs Newes Jahr.

Allam: Ein glückseligen newen Galgen/ daß gehenckt wirst du garstiger Vnflath.

Burlach: Fräwle/gute newe Zeitung/ bey den Drey Hasen gibts ein trefflichen Oesterreicher Wein / er gehet so glatt hinein/ als wär er mit Oel geschmiert.

Allam: Das sihe ich/ du voller Zapff/ schäm dich/ du Bestia.

Burlach: Warumb soll ich mich schämen/gehe ich doch nicht nackend? Ja wann ihr wolt also schnarchen/so werdet ihr jetzt keine newe Zeitung hören.

**Allam:** Ich wolt du wärest mit deinen newen Zeitungen am Galgen. Ich hab gewiß nicht gehört die vollsaufferische Zeitung.

Burlach: Das wär ein Zeitung vor mich/vor euch hab ich ein andere. Der Herr Cavallier **Pracht** der laßt euch grüssen/mit Händ vnd mit Füssen/vnd mit dem Kopff oben drauff.

Allam: Sein Gruß achte ich wenig.

Burlach: Er hat mir auch geben ein Papier/wart ich muß erst suchen/ihr solts lesen/wann ihr werdet am besten schlaffen.

Allam: Die Warheit zu sagen/ich weiß nicht was ich thun soll/ich leb voller Gedancken/wil doch den Brieff lesen.

Burlach: Ach goldenes Weinl/wie schmeckst so wohl/ noch ein Seydel her! Holla Schenckin!

Allam: Holla guter Freund/ wo bleibt der Ring?

Burlach: Das weiß ich nicht.

Allam: Ich finde ja in diesem Brieff ein Ring.

Burlach: Das ist gut/ daß er da ist/ so darff ich ihn nicht holen.

Allam: Ich sag/ daß Meldung geschicht/ daß er mir ein Ring schicket.

Burlach: Ich weiß nichts.

Allam: Hat er dir kein Ring geben?

Burlach: Ich weiß nichts.

Allam: Hast kein Ring empfangen?

Burlach: Ich weiß nichts.

Allam: Wer hat dir das Schreiben geben?

Burlach: Ich weiß nichts.

Allam: Wo kombst dann her?

Burlach: Ich weiß nichts.

Allam: Ach ins Gesicht möchte ich dir fahren/ du leichtfertiger Schelm.

Burlach: Warumb?

Allam: Daß du mir den Ring laugnest. Es stehet ja klar geschrieben: Dieser Ring wird nur seyn ein Anzeigen meiner Dienstbarkeit.

Das

Burlach: Das ist ärrlich: so wolt jhr mehr glauben einem Papier/als einem Ehrbedürfftigen Mann/ wie ich bin? Ich weiß nichts. Ich weiß nichts.
Allam: Wer mit Narren anfangt/wird mit Narren bezahlt. Nüchtere auß mein Zoberle/ich wil schon den Ring finden.
Burlach: Ja ja/er wird sich schon finden/er ist vnverlohren/der Wirth bey den Dreyen Hasen hat jhn schon auffgehebt.

## Vierdter Aufftritt.
### Ehrsucht / Scheinbarkeit.

Es Globt sey der Himmel / daß endlich mein Tochter dieser Heyrath sich nicht mehr weigert.
Schein: Ihr Halsstärrigkeit war groß/ich hatte genugsamb zu schaffen/ihre geschöpffte Meinung zu widerlegen.
Ehrsu: Weniger war nicht vonnöthen / als ewer Wolredenheit vnd Kunst / dann das weiß mache jhr schwartz/mit ewerem blawen Dunst.
Schein: Kan ich weiter dienen?
Ehrsu: Freylich. Aber:
Schein: Herauß mit der Farb/wann ich euch soll verstehen.
Ehrsu: Ich wolt gern.
Schein: Was?
Ehrsu: Ich schäme michs zu sagen.
Schein: Vnd doch begehrt jhrs?
Ehrsu: Ich wolt ohne weitere Wort gerne seyn verstanden.
Schein: Ihr wist ja/daß ich bin **Scheinbarkeit von Blossen Schein/** ewerem gantzen Hauß zu Diensten.
Ehrsu: Ich hab gegen derselben ein solches Vertrawen / daß ich bin entschlossen zu offenbahren / wo mich der Schuech druckt.
Schein: Nur herauß.
Ehrsu: Es ist bewust/daß man eine Braut Hochzeitlich soll ankleyden / es haben mir sollen fallen etliche Interesse, so mein fleissiger Mann **Müssiggang** verschlaffen/ dannenhero/ weilen ich mich nicht bey Mitteln dieser Zeit befinde/ besorge ich mich / daß ich mit Spott vnd Schand nicht bestehe/ewer Höfflichkeit kan mir auff dißmahl helffen.
Schein: Das ist was schlechtes/es ist gar nicht zu achten/die Braut auffzuschmucken/wil ich gern alles herleyhen.
Ehrsu: Seltzamb kombt es mir vor/daß ich soll etwas entlehnen.
Schein: Einfältig/wist jhr nicht/daß nicht alles Gold ist was gleist/ wie viel werden gefunden/ die sich meiner gebrauchen/der Brauch ist schon gemein/Pracht zu erweisen/mit dem/ das nicht ist sein.
Ehrsu: Noch was fällt mir ein.
Schein: Was solls seyn?
Ehrsu: Wir haben enge Zimmer/vnd manglen vns grosse Saal/mit Gelegenheit der Complementen, wolte ich nicht haben/ daß man alßdann solte sehen/ was ich nicht verlang.
Schein: Wie ist dieses zuverstehen?
Ehrsu: Ich weiß selbsten nicht.
Schein: Doch.
Ehrsu: Es ist also zu verstehen/ vnd mit kurtzen Worten/ nach beschehener Vermählung/ daß mein Eydam **Pracht** die Braut stracks heimführet/vnd vnser Hauß nicht sihet.
Schein: Ist nicht vbel geredt.

E                 Dero-

**Ehrsu:** Derohalben seyt gebetten/auff alle Weiß zu trachten/daß es also geschehe.
**Schein:** Laßt mir nur diese Sorg.
**Ehrsu:** Schön danck der Gnad/befihle mich/vnd bitte/alles in Verschwigenheit zu halten.
**Schein:** Ein Weib bitt das ander vmb Stillschweigen/ vnd wir wissen doch/ daß wir kein Sach können schweigen/als was wir nicht wissen.

## Fünffter Auffritt.
### Pracht/Eygner Sinn/Verschwender/Burlachin, Paschi.

Ihest du mein Eygner Sinn/ daß du Vrsach bist gewesen/ daß ich nicht kam zeitlich genug/ die ALLAMODA nach Schuldigkeit zu grüssen/ in dem ich den Hut abgezogen vor der Damen/so damahls fürüber fuhren.

**Eigner S.** Hat Ewer Gnaden die Meinung/daß nur ein Weib auff der Welt sey? Mehr Weiber alß gestürtzte Hund. Die Welt ist Vnkrauts voll. Ich sag dieses nicht darumb / daß sie die ALLAMODA nicht solten lieben vnd ehren / sondern / es gibt noch mehr / die dieses Gesichters seynt: Ein Cavalier ewers gleichen/ solte einer nicht nachfolgen / sondern sich also stellen / als thete er alle bedienen / dardurch sie wacker foppen / vnd jhm die Haut voll anlachen.

**Pracht.** Ein Hund/so vielen Haasen im Hetzen wil nachlauffen/wird selten einen fangen.

**Eigner S.** Ein grosser Vnterschied ist zwischen Hetzen vnd Lieben. Sie müssen sich auch erinnern/daß die rechte Regel zum Kauffen/seye/die Wahr zu verachten.

**Pracht.** Deinem Rath wil ich folgen / entzwischen aber daß ich gehe zum Spielen auff ein Krimpa, suche den Vnterhandler / dem ich die Vollmacht geben/ auff das beste zu verkauffen/ das Schloß sambt dem Dorff. Sag / daß ich mit Schmertzen schon längst warte auff das Geldt/ er schliesse nur den Kauff/vmb ein jeden Werth.

**Eigner S.** Meines Herrn Güter bekommen allgemach die Schwindsuche / solle nicht lang mehr anstehen/wir werden bald fertig werden.

**Pracht.** Arme Camarata/ dünn gesäete Gesellschafft / schlechte Wirthschafft. Ein Brethspiel haben wir noch / ein Toccadiglio ist noch verhanden/ ein Pasch haben wir noch zum besten/ sonsten heißts Bona notte. das Spiel hat ein End. Ist das nicht ein Elend / daß einer vmb sein Geldt kein Gesellschafft nicht kan finden/ die Zeit nur zu vertreiben / die Bursch hat keine Courage, keiner wagt mehr ein Spiel. Holla/da kombt BVRLACHIN, vielleicht bringt er ein Antwort von meiner Göttin. Woher mein gantz Guldener/gantz Silberner BVRLACHIN?

**Burlach:** Warumb von Silber? Ihr meint gewiß/es wär gut auß mir Telpel Thaller zu machen.

**Pracht.** Das sag ich nicht. Wie stehets mit dem Brieff vnd Ring?

**Burlach:** Wie stehets mit meim Kleyd?

**Pracht.** Das wirstu schon haben.

**Burlach:** Vnd sie auch.

**Pracht.** So hat sie noch nicht den Brieff?

**Burlach:** Hett ich also das Kleyd.

**Pracht.** Hat sie jhn gelesen? Was sagt sie?

**Burlach:** Ja.

**Pracht.** Vnd der Ring?

**Burlach:** Ja.

**Pracht.** Ist er jhr angenemb?

**Burlach:** Ja.

**Pracht.** Gelt/ ich gilt nichts bey jhr?

**Burlach:** Ja.

So

**Pracht.** So verwirfft mich die ALLAMODA?
**Burlach:** Nein/nein. Wie kan sie euch verwerffen/hat sie euch doch nicht in Händen gehabt.
**Pracht.** Ist ein Hoffnung?
**Burlach:** Nicht eine/sondern ein gantz Dutzet.
**Pracht.** Warumb antwortet sie dann nicht?
**Burlach:** Weil sie mir hat kein Brieff geben.
**Pracht.** Ach BURLACHIN wie quälst du mich! Brünnt auch ihr Hertz in Lieb/sag recht?
**Burlach:** Es brinnt/ daß sie am gantzen Leib zittert.
**Pracht.** Wie stehe ich bey ihr in Gnaden?
**Burlach:** Wie ein Esels Kopff in der Buttermilch.
**Pracht.** Hat sie nie kein Seufftzer wegen meiner gethan?
**Burlach:** Ja sieben nacheinander/aber es waren mächtig ungewisse Schützen/ sie zielten auff die Erd/ und traffen mir die Nasen.
**Pracht.** Verlangt sie mich zu haben?
**Burlach:** Ja/ gleich wie der Hund die Prügelsuppen.
**Pracht.** Was sagt die Mutter? Ist sie zufrieden? Ist sie content?
**Burlach:** Nein/ sie ist nicht zu Trient/ sondern zu Bettelsgarn.
**Pracht.** Was sagt der Vatter?
**Burlach:** Was die Mutter.
**Pracht.** Wie sagt die Mutter?
**Burlach:** Wie der Vatter.
**Pracht.** Was sagen sie dann beyde?
**Burlach:** Eines wie das ander.
**Pracht.** Bist du aber auch zufrieden/daß ich die ALLAMODA nimb?
**Burlach:** Ihr möcht sie nehmen/ oder stehlen/ wann ich nur mein Kleyd hab/ ich frag nichts darnach.
**Pracht.** Wilst weiter darzu helffen?
**Burlach:** Nein/ aber nähender wohl.
**Pracht.** Das Kleyd solst du haben/sihe/da kombt eben mein Hoffmeister/ich wil ihms anbefehlen.
**Verschw:** Ich erfreue mich / Gnädiger Herr.
**Burlach:** Ich noch mehr/daß ich ein newes Kleyd bekomb.
**Pracht.** Eben zu rechter Zeit/ dann ich hab mit euch zu reden.
**Burlach:** Ihr solt mir lassen ein Kleyd machen.
**Verschw:** Sie verzeyhen mir / in einer Merenda in einem Garten etliche unsere gute Freund zu tractiren/ habe ich mich ein wenig auffgehalten.
**Pracht.** Hat gute weeg. Aber was werden wir schicken der Braut/was für ein Præsent, was für ein Regal?
**Burlach:** Kein Regal nicht/ ein Orgel/ oder eine Sackpfeiffen.
**Verschw:** Ich bin der Meinung/ sie wird also discret seyn/ daß sie vor ein Gnad wird annehmen/ was sie ihr werden schicken; doch / wann ich die Meinung solte sagen / so ist sie als ein andere Dama, und nicht weniger zu tractiren, weilen sie in Vollkommenheit keiner weiche.
**Burlach:** Wann sie nicht wil weichen/ so bleib sie stehen.
**Pracht.** Also wil ich/ diß ist eben meine Meinung.
**Verschw:** Der Himmel erhalte sie/sie seynd nicht wie etliche Schmalhansen/ welche auff alewärterisch leben. Also/mein ich/ wär vonnöthen/ daß wir hetten etliche Stuck klein blamhren Damaschk/ 3. Stuck Goldstuck / 3. Dutzet Seydene Strümpff / ein Dutzet Frantzösische

Schuech

Schuech mit erhebter Seyden Arbeit / 12. Neapolitanische mit Gold eingetragene Camisolen, ein Truhen von Schlaye vnd Sinawaff. / ein Kästlein von Niderländischen Spitzen / 24. paar wohlriechende Handschuech von Gelsomin, eben so viel von Pomerantzenblüh/vnd wiederumb so viel von Ambra. Vnd in einem GalanterieBeutel auff das wenigste Tausende Ducaten.

**Burlach:** Aber mein Kleyd muß seyn von Hoch Allapodrida-Farb/außgemacht mit Passawer Fürtz/ vnd verschamieriert mit Eselsgeschreyfarben Bändern.

**Pracht.** Aber / wo ist solches alles zu bekommen/ weilen die Zeit so kurtz ist?

**Versch:** Da muß man auff Vnkosten nicht sehen / solte das Schicken so viel kosten / als die Wahr selbsten / so muß ein Cavalier solches nicht achten. Gestalt ich einen gekennt habe / welcher seiner Dama mit Visen-Handschuech zu dienen/ mit fleiß einen Curier hat abgesandt in Spanien.

**Pracht.** An Vnkosten soll nichts erwinden. Genebens meinem BVRLACHIN seines Kleydes nicht zu vergessen. Der Herr laß ihms machen / wie es ihm gefällt / es koste was es wöll. Aber ein Sach hett ich gebetten: Auff Weeg vnd Mittel zu gedencken / daß ich die Gnad könte haben/ der Fräule ALLAMODA in einem kleinen Gärtl mit einer schlechten Merenda vnterthänig auffzuwarten.

**Burlach:** Was ist das für ein Thier die Merenda? Ists ein Vogel oder Fisch? Singts oder tantzts? Ihrts oder schläffts? Siedet mans oder brätt mans?

**Pracht.** Es ist so viel als ein Jausen.

**Burlach:** Ja ein Jausen! Der Herr darff mich nicht laden / ich werde schon Persöhnlich darzu kemmen. Aber ich förcht mich / die ALLAMODA wird kein Appetit haben / dann es ist schon zwey Tag/ daß sie nichts hat gessen. Jausen/ das ist ein BalsamBüchsel vor meinen hungeranmächtigen Magen. Ich gehe; Aber mein Kleyd?

**Pracht.** Bey dem Meister Fritz/dem Schneider/wird mein Hoffmeister warten.

**Burlach:** Das ist ein stinckender Schneider/weil er Meister Fürtz heißt.

**Pracht.** Daß man bestelle / den schönesten Garten der Frewden/ vnd vber alles der beste Wein / von Marzamin , Vernazer, Muscatel , Alicant , Bastardo , Prosecker , Canari , Valtelinet , Canea, Malvasier vnd Spanischen Wein/ Verdea von Florenza, Lacryma von Neapoli, Trebiano von Rippa. Die schönesten vnd frischesten Candit. Ihr Buben gerechtet euch zum Tantz/ zuvor aber wirst du Fritzl zu Ehren meiner Dama das Lied singen / so ich ihr zu Gefallen gemacht hab. Kombt nur/ wir wollen von der Sach ferner reden.

## Sechster Aufftritt.

### Prachtmässigung (in Gestalt eines Kauffmanns) Pracht / Verschwender/ Paßhi.

Also gehts zu in der Welt, weilen die Tugend veracht/ die Warheit vnterdruckt/ die Laster im Schwung / der Pracht in dem höchsten Grad schwebet / so ist die Prachtmässigung hin/ vnd gehet der Policey Branch zu Grund. Was kombt nur nicht auff? Wie viel Gattung der Hüt vnd der Schuech? Was vor Närrische Wämmeser? Was vor läppische Hosen? Daß einem vorn das Hemmet bey dem Ermel herauß hencket/ wie ein halbes Leylach/was ist schönes daran zu sehen? So viel Bänder vnd die Hosen/ zu was seyn sie gut? Oder vor was seyn sie/vor die Hitz/ oder vor die Kält? Ach thorechte Jugend / so das ihrige in Eytelkeit verschwendet! Ich Prachtmässigung gilt nichts mehr/ die verfluchte ALLAMODA hat mich schon verfeindt/ darumb ist kein Wunder / daß ich in frembder Gestalt/ also herumb muß ziehen/ vnd in der Mascara gehert.

**Pracht.** Die Warheit zu sagen/ der Schreib Tisch ist schön/ aber er ist thewer.

**Versch:** Thewer hin/ thewer her/ ein Cavalier muß spendiren, wil er die Gnad erhalten.

**Pracht.** Holla guter Freund/was habt ihr guts?

**Prachtmäß.** Allerhand schöne Sachen/ Gnädiger Herr/gute Wahren auß Franckreich/ vnterschiedliche Galanterien, die Damen zu verehren.

**Versch:** Das Paar Ohrgehenck ist nicht närrisch.

Was

| | |
|---|---|
| **Pracht.** | Was vor hertzige Narren. |
| **Prachtmäss.** | Die Wahr ist gut/an einer Schuld hats eine Fraw müssen annehmen/damit sie nur Geldt hat/so wil sie diese Ohrgheng verkauffen/wolfeyl vmb ein Spottgeldt. |
| **Pracht.** | Der Diamant spielt nicht vbel. |
| **Verschw:** | Vber die massen wohl geschnitten. |
| **Pracht.** | Kan ich jhn haben? Wie thewer? |
| **Prachtmäss.** | Gnädiger Herr/er ist schon versprochen/ich muß jhn schicken nach Paflagonia einem Juden |
| **Verschw:** | Gibts hier keine Juden/oder jhr Kauffleuth vertrettet jhr vielleicht jhre Stelle? |
| **Prachtmäss.** | Also schreibt mir mein Correspondent in Verkrawen/daß diesen Ring zwar einer hat einer Persohn zur Ehe geben/aber heimlich wiederumb verkaufft/vnd dem Weib nachmahls zuverstehen geben/er wäre jhm entfremddet worden. |
| **Pracht.** | Po far Dio, Bacho, der Ring hat sich gewaschen. |
| **Verschw:** | Wie hoch ist er im Werth? |
| **Prachtmäss.** | Deme er hat zugehört/hat jhn bezahlt vmb 500. Reichsthaller/dieweil er aber jetz Geldt bedarff/vnd den Zinß muß erlegen/so laßt er jhn schon wolfeyler. |
| **Pracht.** | Ich wil alles nehmen. |
| **Prachtmäss.** | Aber ich wolte nicht/daß sie macheten/wie mir jener Cavalier gemacht hat/so bey mir Wahren genommen. Morgen/sprach er/wil ichs bezahlen/aber dieser Morgen der wehrt schon drey gantzer Jahr. Vbel ist zu borgen/wo man bezahlt mit Morgen. |
| **Pracht.** | Bey mir ist kein Gefahr/ich bin kein Kahlmäuser/ich halte meine Parola, wie es einem Cavalier gebühret/heut oder morgen/solt jhr das Geldt haben. |
| **Prachtmäss.** | Aber daß nur gewiß ist; wann man nicht stracks bezahlt/so gedunckt den Creditor jede Minut ein Jahr. |
| **Pracht.** | Es verbleibt darbey/wie ich sag. Hoffmeister/gehet hin zu meiner Göttin/küst jhr den Rock/vnd sagt jhr viel schönes im Nahmen meiner/fragt wie ich in dero Gnaden lebe/vnd wie sie heurige Nacht geschlaffen/weist jhr dieses Trühel/sie soll nehmen/was jhr am besten gefällt. |
| **Verschw:** | Ich mein/sie wird alles nehmen/dann es wird jhr alles gefallen. Man kan den Weibern so viel nicht schencken/daß sie es nicht gern annehmen. Niemahls sagen sie weniger die Warheit/als wann sie sagen/daß sie nichts begehren. |
| **Prachtmäss.** | Ich hab heut noch viel auff die Post zu schreiben/morgen wil ich Ewer Gnaden dienstlich wiederumb auffwarten. Vnter dessen bitte ich/sie wollen betrachten ein schönes Contrafe, wird gewißlich nicht vbel gefallen. |
| **Pracht.** | Wessen ist es? |
| **Prachtmäss.** | Sie heißt die Erkandtnuß seines eygenen Stands. Befihle mich. |
| **Pracht.** | Mein Dienst. |

## Siebender Aufftritt.

### Pracht, Burlachin, Pafshi, Eyguer Sinn.

Was muß dieses bedeuten/daß dieser das Contrafe versteckt hat/vnd in seinem Abschied mir dieses hinterlassen? Auff was gehet er? Wo zielen hin seine Gedancken? Vielleicht wil er bey mir wahr machen das Sprichwort: Ein Nagel treibt den andern. Vielleicht wil er durch ein gemahlte Schönheit/die Schönheit der ALLAMODA vberwinden. Es ist gefehlt/es ist gefehlt/wer jhm solches einbildet. ALLAMODA ist nicht gemahlt/eingestochen ist sie in mein Hertz. Wer mir ALLAMODA wil nehmen/der muß mir nehmen das Hertz/vnd mit dem Hertz das Leben. Wer ehe kombt/der mahlt ehe. ALLAMODA hat mein Hertz gantz eingenommen/es ist kein Platz mehr für ein andere. Doch wil ich dieses Contrafe sehen/dieweilen das Original also gelobt wird. ALLAMODA, ich protestire dir/daß die Anschawung dieses Bildes nichts anderst ist/als ein Fürwitz der Augen/nicht ein Wanckelmütigkeit meines Hertzens. Mein Hertz ist ein Diamant/dich vnd mich scheidt niemand/als der bittere Todt. Das ist kein Contrafe.

das ist ein Spiegel. Mit einem Spiegel / zu was? Doch will ich mich betrachten. (Er betracht er sich im Spiegel.) Ach Himmel! O Stern/was sihe ich! Bin ichs/oder bin ichs nicht? Sihe ich also auß/oder bildet mich nur der Spiegel? Nein/nein/der Spiegel hat recht/ ich bins / ich bins / ich erkenne mich selbst. Ach wie mager! Ach wie abgezehrt/wie abgefleischt/wie weniger bin ich worden! Mein Substantz gehet drauff.

*Burlachen kombt mit einem newen Narrenkleyd.*

**Burlach:** Grossen Tantz/ Herr/ vmb das schöne Kleyd/ es ist trefflich gemacht/ es ist ein Meisterstuck deß Meister Fürtz/er hat so viel Falten/als ein Wasserbutten/ vnd ligt so glatt an/ als wie ein Sackpfeiffen einer Windmühl.

**Pracht.** Ach wie bin ich verändert/ich bin nicht mehr/der ich gewesen bin! Ach wie gehe ich zu grund!

**Burlach:** Dieser Mantel ist dreymahl abgeschnitten worden/vnd ist gleichwol noch zu kurtz.

**Pracht.** Ist es möglich/daß ich also in das Elend bin gerathen.

**Burlach:** Wie ist euch? Schläffert euch/oder traumbt euch?

**Pracht.** Wer hett dieses vermeint?

**Burlach:** Daß jhr solt ein Narr werden.

**Pracht.** Vnd doch sihe ich vor mir mein Elend.

**Burlach:** Vnd ich sihe vor mir einen Narren/jetz werden vnser drey/sihe/da kombt der dritte.

**Eigner S.** Gnädiger Herr/der Kauff ist geschlossen/wir haben zugleich den Kauffmann/ vber den Telpel geworffen/vnd jhn meisterlich betrogen.

**Pracht.** Ich förcht/daß ich mein Schaden nur zu spath empfind.

**Eigner S.** Das ist kein Schaden/sondern ein Nutz: Zwar mein Theil ist auch darbey.

**Burlach:** Ich mein/der gute Herr sey angebrennt.

**Pracht.** Ach verdorbener Pracht/was wirst du fangen an!

**Burlach:** Eine Narrenkappen tragen/wie meines gleichen.

**Eigner S.** Herr/kennen sie mich nicht? Ich bin ja sein getrewer Diener **Eygner Sinn.**

**Pracht.** Weit von mir / ich kenn dich nicht/ verflucht seyest du einige Vrsach meines Zustands/ daß mir alles gehet auff in den Rauch.

**Eigner S.** Ich förcht/das Hirn gehet auff in Rauch.

**Pracht.** Ich weiß schon/wo es herkombt mein Verderben.

**Eigner S.** Desto besser zu helffen/vnd ich wil mit der Schelmerey sey darzu seyn.

**Pracht. Es kombt her.**

**Eigner S.** Von wem?

**Burlach:** Mein Kleyd kombt her vom Schneider.

**Pracht.** Von dem vbrigen Spendiren.

**Eigner S.** Potz Element/das ist ein schlimme newe Zeitung/es wird schmale Bißl setzen.

**Pracht.** Dieweil ich mich nicht gemässiger / so hab ich mir selbsten die Gruben gemacht / in welche ich bin gefallen.

**Burlach:** Das ist noch gut/daß jhr nicht mit der Nasen seyt in Pfifferling gefallen.

**Eigner S.** Mein Herr/jhr seyt in kein Gruben gefallen. Der Verstand wol/ mein ich/sey in die Narrengruben gefallen.

**Pracht.** Mein Kleyd werd ich bald versetzen / mit Lumpen mich bekleyden / betteln werd ich müssen vmb ein Stückl Brodt/meinen Hunger zu stillen.

**Eigner S.** Per Dio Bacho, mein Herr ist zerritt/ er phantasirt so starck / er sagt schon vom Betteln/ vnd das Guel ist noch nicht gar verthan. Es wird zwar bald werden/aber ich wil schon zuvor vnter der Thür was auffheben / das ich gewiß in dem Darvongehen nicht wil vergessen. Enzwischen wil ich eylends lauffen vmb Doctor vnd Balbirer/seim Aberwitz zu curiren.

**Burlach:** Da haben wir wiederumb ein paar Narren/weilen der dritte darvon gehet.

Aber

Pracht. Aber O schönes Gesicht/O edle Creatur/du außerwöhlte Wirthschafft/der werthe Tochter der **Klugheit**/du allein gefallest mir/dich wil ich haben.

Burlach: Wo bleibt die ALLAMODA?

Pracht. Die ALLAMODA veracht ich/verwirff sie/vernichte sie.

Burlach: Da haben wir den Quarg beysammen. Das wird ein schöne newe Zeitung seyn.

Pracht. Ihr Pracht ist falsch/sie wurde mir seyn mein gäntzliches Verderben.

Burlach: So dörfft man das Testament nicht disputiren.

Pracht. Ich erkenne mich jetz/wer ich bin/was ich wird seyn/der ich bin gewesen.

Burlach: Ha ha/der Kerl redet mit dem Spiegel/der Spiegel ist gewiß daran schuldig/daß er mit den Reden heut vnd gestern zusammen nimbt. Ich wil ihn ihm nehmen/ehe daß ich zu Hauß für diese newe Zeitung/daß er die ALLAMODA nicht mag/zum Trinckgelde möcht bekommen einen Prügel/um auff den Buckel.

Pracht. Hinfüro.

Burlach: Küß Frösch/haben ein kühles Loch.

Pracht. Holla/mein Spiegel!

Burlach: Da hast darfür einen andern.

Pracht: Ach Schelm/lauffst mir mit dem Spiegel darvon/das Leben wil ich dir nehmen.

## Dritte Handlung.

### Erster Auffritt.

#### Ehrsucht/ Müssiggang/ Scheinbarkeit/ Lust.

Viel versprechen/vnd wenig halten/ist jetz der Brauch bey Jungen vnd Alten; vnser Nachbarin Fraw **Scheinbarkeit von Blossen Schein**/hat sich anerboten/mein Tochter zu außstaffieren/vnd biß dato habe ichs nicht gesehen/muß also mein Gravitet ablegen/vnd mich zu einer Dienerin machen/wil ich der Sachen helffen.

Müssig: Was gibts mehr newes/daß ihr nicht recht auffgeraumbt seyt?

Ehrsu: Wer ist Ursacher/als ihr.

Müssig: Ich weiß von nichts.

Ehrsu: Danck euchs der Teuffel. Ich weiß nur gar zu wohl/daß ihr euch vmb nichtes annembt/ich aber muß alles verrichten.

Müssig: Also recht! ihr habt ein Hirn/welches ein halbe Welt könte regiern/vnd ein Dutzet Hüner darzu.

Ehrsu: Ewer Fleiß wäre mir lieber/als ewer Gespött: Spötter essen auch Brodt/aber sie seyn nicht so faul wie ihr.

Müssig: Ich thet euch vnrecht/wann ich mich in was einmischer/ihr seyt Simon im Hauß.

Ehrsu: Wann ihr deß Joppens genug habt/so vermahne mich: Wißt ihr/daß vnser Tochter wird verheyrath werden/vnangesehen daß sie vngestalt vnd nicht schön ist.

Müssig: Ich hab allzeit gehört/schön oder garstig/jung oder alt/es bleibt keine vbrig/es geschehe langsamb oder bald.

Ehrsu: Das ist vns ein Trost. Der Bräutigamb/verhoffe ich/wird seyn nach ewerem Humor.

Müssig: Mein Kummer ist/nichts haben zu schaffen. Also könt ihr sie geben/wem ihr am besten wolt.

Ehrsu: Ich mercke/wie euch ist vmb das Hertz/nichtes desto weniger hab ich mich vmbgesehen/ein Cavalier gefunden/der gewiß zu achten ist.

Daß

**Müſſig:** Daß er nur nicht ſey ein Waghals oder Rauffer / ein Schwirmer oder Thumbshirn/ nicht verlegen auff das Fechten/ nicht vmbgehen mit Duellen, nicht täglich mache newe Händel/ daß ich derentwegen wuird gezwungen ſeinethalben herumb zu lauffen.

**Luſt.** Wann man fechtete mit Bratwuürſten/ vnd ſchieſſete mit Krapffen/ was Händel wolt ich nicht anfangen.

**Ehrſu:** Nein/ nein/ das iſt er nicht : Sein Handthierung iſt/ wacker zu ſpendiren, alla grande ſich zu halten/ vnd täglich pacquetiren, das iſt ſein Fechten vnd rauffen.

**Luſt.** Alſo möchte ich auch gern rauffen/ ich mein/ ich wolte die Kandel ſtuürmen.

**Müſſig:** Wer iſt dann dieſer?

**Ehrſu:** Der Cavalier **Pracht**/ kennt jhr jhn?

**Müſſig:** Ho ho/ ob ich jhn kenne/ er iſt deß Herrn **Gelegenheit von guten Tagen**/ vnd der Fraw **Reichthumb von viel Geldt** / leiblicher Sohn. Deſſen Eltern meine gar gute Freund geweſt/ ein gewiß wacker er Cavalier.

**Ehrſu:** Das muß man jhm laſſen/ daß er ſich wacker hält. Es iſt nicht wie etliche Nudeldrucker/ ſo ſich nicht ſchämen/ wegen eines ſchlechten Gewinnes/ ein Handwerck zu treiben/ vnd deß Adels gantz vnd gar vergeſſen. Ich hab auch gehört manchen Kornhammer ſchweren/ da Cavalier/ vnd iſt ein Kramer.

**Luſt.** Er iſt mir auch ſo viel bewuſt/ daß er nicht iſt einer auß denſelben/ die mit Rarten vnd Rechnen den gantzen Tag den Kopff brechen. Er iſt kein Buücherfreſſer/ Rechtsfuührer vnd Zungendreſcher: Das blawe bleibt am Himmel / er ſtudirts wohl nicht herunter: Er weiß ehender ein Repic zu machen / als ein Medicus ein Recipe zu ſchreiben. Mein / was huilfft das Studiren? Ie gelehrter einer wird/ vnd meint gelehrt zu ſeyn/ſo muß er allen dienen/ ein Eſel ſeyn der Gemein.

**Ehrſu:** Iedoch/ iſt einer gelehrt/ ſo ſteigt er hoch in Wuürden/ vnd jederman jhn ehret.

**Luſt.** Was fuür gröſſere Wuürden/ als gute Täg haben? Was iſt nur gelehrt ſeyn? Durch Studiren nimbt ab die Geſundheit/ vnd wird geſchwächt das Hirn: Vnd in dem einer meint/ er wil ein Doctor werden / ſo ſtudirt er ſich zu einem Narren. Eſel tragen auch Qualdrapen/ ſonderlich wann ſie von Gold ſeyn.

**Ehrſu:** In Summa/ dieſer mein Anden gefällt mir nicht vbel.

**Luſt.** Wem ſollen die guten Täg nicht gefallen/ wird doch keiner darvon mager?

**Müſſig:** Aber daß ich die Heyrath ſoll tractiren, viel Plarament darauß machen/ den Heyrathsbrieff auffſetzen / ein Dicentes herab machen / vmb Rath hin vnd wieder lauffen / die Sach die wuird ſo lang/ ſolche Geſchäfften gehören nicht dem **Muüſſiggang.**

**Ehrſu:** Ich merck/ wie viel es hat geſchlagen/ ich verſtehe ſchon ewer Latein.

**Schein:** Mein Dienſt Herr **Muüſſiggang** / Gehorſame Dienerin Fraw **Ehrſucht.**

**Muüſſig:** Bedancke mich.

**Ehrſu:** Schön Danck Fraw **Scheinbarkeit.** Es ſihet einer ehender einen weiſſen Wolffen/ als die Fraw / man wird hinfuüro muüſſen zahlen / wer die Fraw wil ſehen/ ich glaub / man hat vnſer ſchon gäntzlich vergeſſen.

**Schein:** Mein Fraw/ ſie wolle mich entſchuldigen / daß ich nach Schuldigkeit nicht auffwarte/ man hat meiner an ſo viel Orthen ſo ſehr vermöhen/ daß ich nicht Fuüß gnug habe. Ich bin der Sach gedacht geweſen/ vnd heut auff den Abend ſollen ſie alles haben.

**Muüſſig:** Bitt vmb die Gnad/ auff ein Diſcurs, vnd ein Gläßl Wein/ mit mir nach Hauß zu kommen.

**Luſt.** Da kommen die verſeſſenen Schweſtern zuſammen. Wer wil leben lange Zeit / ſchlaff / eſſe/ trinck nach Gelegenheit. Fruüh auffſtehen das thut kein gut/ Singen vnd Springen kuühlt den Muth. Keiner ſoll groß Sorgen tragen: Das Studiren ſchwächt den Magen. Frölich ſey / vnd luſtig bleib / es mache ein gutes Gebluüt im Leib. Dieſe Regel iſt obſervirt, Probatum eſt, vnd wird probirt.

## Anderter Aufftritt.

### Bvrlachin, Ehrſucht/ Allamoda,

Ich hab vermeint / der **Pracht** wäre ein Herr / ſo ſihe ich/ daß er iſt ein Narr. Hat er nicht ein Gehör gehabt mit dieſem Spiegel? Hat er die arme ALLAMODA nicht außgemacht?

gemacht/ als wann sie ein ehrliche/ ıc. wär? Er hats zuvor so sehr verlangt/ wie ein Hungeriret einen Fasttag / oder drey / die nichts zu essen haben. Wann ich meiner Fraw Ehrsucht diese Zeitung brächte/ ach! es wurde jhr so augenemb seyn / als wann mar einem Juden das Maul mit Speck schmieret. Vnd die Ehrbedürfftige Fräwle ALLAMODA, die wurde mich zu Lohn mit Buchsbaum bestecken / vnd dem Teuffel zu einem Newen Jahr schencken. Ich möcht mich wohl auch gern in diesem Spiegel sehen/ nichte dieweil ich zweifle / daß ich nichte schön bin; dann mein Angesicht sihet auß so schneeweiß / als wanns wachspasirt wäre worden von dem Rauchfangkehrer: Meine Haar ligen so krauß auffeinander / als wie die Schindeln auff den Tächern: Ich weiß / daß ich ein so spitziges Göschl/ vnd ein so kleines Mäulele hab/ daß eine Kolatschen vmb zwey Groschen vber zwerchs könte hinein gehen. Ich weiß/ daß ich schön bin/ dann ich höre es mit meinen eygenen Ohren/ daß/ wann ich vnter die Kinder komm/ so lauffen sie zu der Mutter/ vnd schreyen: Ach weh / der Wauwaw kombt! Aber ich hab ein bedencken/ mich in dem Spiegel zu schawen/ warumb? Ich besorge mich/ ich möchte ein anderer Narcissus werden/ vnd verwandelt werden in eine lebendige Wo'urckel. Wann ich mein schöne Gestalt solte sehen/ ach/! ich könte weniger nicht thun/ ich müste mich in einem Hüy verlieben. Ach meines Lebens/ wann ich mich in einen allerschönsten/ holdseligsten BVRLACHIN verliebte! Ach mein Herz das wurd brinnen / als wie ein Sawmagen in einer Latern!

*Außer betrachtet er sich in dem Spiegel.

Gedult / es hilfft nichts darvor. *Bin ichs/ oder bin ichs nicht? Bin ich der gestrige/ oder der heutige? Ist ein Narr im Spiegel/ oder einer herauffen? Habe mein Tag kein Narren gesehen / der mir so gleich sihet / als dieser im Spiegel. Wie Närrisch muß ich außsehen! Ist das ein Allamoda Kleyd? Ein Narren Kleyd/ nichte ein Allamoda Kleyd. Wil sehen/ ob'ichs auch bin. Vielleicht stehet einer hinter mir: Vielleicht hat er sich gebucket. So soll das der BVRLACHIN seyn? Es ist nicht möglich. Der BVRLACHIN ist gescheider als ein Doctor, da sihet er auß/ als ein Narr. Es ist erlogen/ ich bin kein Narr. Ich sag dirs Spiegel/ thue mich anderst praesentiren, oder du bekombst ein Ohrfeygen. Was hab ich dir gesagt? Wilst du noch nicht? *Hie gibt er dem Spiegel Ohrfeygen.

**Ehrsu:** Schaw nur einer den Affen an. Was ist das für ein Spiegel?

**Burlach:** Fraw/ wolt jhr eine Närrin sehen/ so schawer in Spiegel.

**Ehrsu:** Den Spiegel kenn ich auch. Vermaledeyter Spiegel / er hat mich auch zu schanden gemacht / in deme er hat dargewiesen/ daß ich Ehrsucht/ nichts anders sey/ als ein eyteler Rauch. Wo hast du diesen Spiegel genommen?

**Burlach:** Ich hab jhn genommen/ wo ich jhn hab ergriffen.

**Ehrsu:** Wer hat jhn gehabt?

**Burlach:** Ich. Jetz habe ihr jhn.

**Ehrsu:** Wer hat jhn vor deiner gehabt?

**Burlach:** Der Cavalier Brachs.

**Ehrsu:** Pracht/ wilst du sagen. Pracht hat diesen Spiegel gehabt / ach was höre ich! Hat er sich auch darein geschawet?

**Burlach:** Ja/ ja/ ja.

**Ehrsu:** Was hat er gesagt?

**Burlach:** Er hat gesagt/ daß jhr wäret mit ewer Tochter ALLAMODA am Galgen.

**Ehrsu:** Lebt er sie noch?

**Burlach:** Freylich/ wie die Hund die Katzen.

**Ehrsu:** Wil er sie noch haben?

**Burlach:** Er sagt/ er wölle sie nicht haben/ wann sie gleich eine gebratene Spansaw wär.

**Allam:** Fraw Mutter/ was hör ich? Was ist das? Pracht/ so mich also lieb gehabt/ haßt mich also. Was hilfft der Auffputz/ weil ich muß sitzen bleiben?

**Burlach:** Wer schafft euchs? Wolt jhr nichte sitzen/ so bleibt stehen.

**Allam:** Es muß gewiß ein Mißgönner vbel vns haben nachgeredt.

**Ehrsu:** Tochter/ die Sachen kombt vom Spiegel; der Spiegel hat vns verrahten: Verflucht/ der jhn jhme geben. Aber sey getröst/ der Hacken wollen wir schon ein Stiel finden. BVRLACHIN, hast du nicht newlich gesagt / daß der Herr Pracht verlange ALLAMODAM in einen Garten?

Burlach: Er verlanget an Galgen/nicht in Garten.

Ehrsu: Schader nichts. Gehe hin/ und sage viel Million Tausend schöne Sachen im Nahmen der ALLAMODA, vnd sag/ es wird ihr ein Gnad seyn/ dem Herrn Pracht in einem Garten auffzuwarten: Enzwischen wil ich gehen/ vnd diesen Vnflath vnter den Mist vergraben.

Allam: BVRLACHIN, richts fein schön auß/ich gib dir hernach etwas zu essen.

Burlach: Sie wil mir etwas zu essen geben/ vnd leyder selbsten Hunger. Ich hoff/ es wird ein Panquet werden von sieben Schüsseln/ drey lähr/ vnd vier nichts darein. Wann ich muß gehen zu dem Pracht/es graust mir halb der Buckel/ich förcht lauter/ich werde die Stiegen herunter messen. Gestern hats mir also traumbt/vnd heut möchts mir wahr werden. Der Lufftsprung wird hundert Ducaten werth seyn.

## Dritter Auffritt.

### Eygner Sinn/ Pracht/ BVRLACHIN, Paßhi.

Ihr Gnaden seynd mir warhafftig verkommen/wie manche machen: Jetzt fräßen sie ihre Liebste vor lieb/bald thun sie sich ihrer nichts achten.

Pracht. Die Warheit zu bekennen/die Wirthschaffte kame mir schön vor.

Eigner s. Die Wirthschafft gehöret vor die Alten/sie ist ein alte Jungfraw. Junge Leuth die achtens nicht/benebens ewerem Stand ist sie nicht gemässig.

Pracht. Alt ist sie wohl/aber sie hat viel Batzen/man könt schon zu ihr sagen: Geldt ich hab dich lieb.

Eigner s. Ey was ist Geldt/ Schönheit ist noch schöner/dan wegen Schönheit werd man an das Gelde.

Pracht. Schönheit vergehet bald.

Eigner s. Noch viel ehender das Gelde. Sie versichern sich gewiß/daß sie beyde wurden leben/ gleich wie Hund vnd Katzen: Ich mein / sie wurde ihm schon das Capitel lesen. Das wäre ein rechter Rumormeister: Wie wurde sie ihm offt die Brummel Metten singen.

Pracht. Es ist wahr/ ich muß bekennen/die ALLAMODA ist werth/sie zu bedienen/ ihr Schönheit hat nicht ihres gleichen.

Eigner s. Die Wirthschaffte ist so karg / sie schinde ein Lauß / damit sie könte den Balg verkauffen. Sie frist vnd trinckt ihr nicht genug. Sie sauft wie die Wällischen Wein Esel / die guten Wein tragen/vnd sauffen darneben das Wasser. Vmb ein Quintl ist sie gescheider als ein Närrin. Wann sie sie wurden nehmen/die Dörrsuche wurde sie ihnen anhengen.

Pracht. Schön ist die ALLAMODA, vnd nicht vngestalt seyn die Ducaten vnd Portugaleser. Die ALLAMODA erfrewet die Augen/die Ducaten die Händ. Ich stehe an/ wo ich mich hinwende: Schönheit achten/Ducaten verachten/Weib nehmen ohne Geldt/ist die gröste Narrethey auff der Welt.

Eigner s. Herr/wolten sie essen einen stinckenden Raben / wann er gleich in einer Goldenen Schüssel läg? Was wurd ihme der Wirthschafft Reichthumb helffen? Was für ein Ergetzligkeit kunte er ihme geben/wann sie ein so altes Raffelholtz hetten/daß man im anschawen gleich ein Appetit zum Kotzen vnd Speyen bekäme?

Burlach: Sie reden von Kotzen vnd Speyen. Nur her/ wer Enst hat.

Eigner s. Da kombt der Herr Doctor.

Burlach: Vnd da stehet der Herr Narr.

Pracht. Willig komm/ J! mein liebster BVRLACHIN, woher? J!

Burlach: Auß frembden Ländern/gleich von Hauß auß.

Pracht. Geltz/ man hat meiner gantz vergessen?

Burlach: Wie kan man deß Herrn vergessen/denckt man doch niemahls an ihn.

Pracht. Die Fräwle. ALLAMODA. Gelt es ist nichts mehr? Gelt es ist schon auß?

Burlach: Wanns auß ist/so laß ein frisches einschencken/ich halte es gleich mit.

Mehr

**Eigner f.** Mein Herr wil fagen/ob ihn die ALLAMODA noch liebet/verfteheſts du Stockfiſch?

**Burlach:** Und der Her wäre ein gutes Futteral darüber. Ja / ſie liebt den Herrn noch jmmer vnd fortan/heut vnd geſtern/vor einem Jahr/vnd vber drey Wochen.

**Pracht.** Bin ich aber verſichert?

**Burlach:** Verſichert/ſo wahr ich ein Cavalier bin/der Herr mach mich nicht ſchweeren/dann wann ich hunderttmahl die Wahrheit ſag / ſo iſts einmahl nicht wahr / vnd neun vnd neunzigmahl erlogen.

**Pracht.** Wie iſts mit dem Gärl? Ach man vergiſt alles!

**Eigner f.** Seine Gedächtenuß iſt von Leberwürſt gemacht geweſt / die Hund habens ſchon längſt gefreſſen.

**Burlach:** Vnd deß Herrn ſeine von einem Sawmagen. Ja/wie ich ſage/vnd nicht anderſt/es bleibt darbey.

**Eigner f.** Daß du ein Haas biſt.

**Burlach:** Und der Herr ein Eſel/ſo haben wir beyde lange Ohren.

**Pracht.** Was/ nicht anderſt/ vnd/ es bleibt darbey?

**Burlach:** Hab ichs nicht ſchon hunderttmahl geſagt/ die ALLAMODA laſt euch grüſſen / vnd wolte gern in Garten kommen/aber heimblich/daß jederman weiß/ vnd fein allein mit 24. Perſohnen.

**Pracht.** Hunderttmahl geſagt; nicht einmahl. Das iſt das erſte/daß ich höre.

**Burlach:** Vnd ich auch.

**Pracht.** Gar gut/ ſag/ich laß mich der Fräwle gantz vnterthänig befehlen/vnd ich küſſe ihr die Hand.

**Burlach:** Das kan nicht ſeyn.

**Pracht.** Warumb?

**Burlach:** Sie kan euch die Hand jetzt nicht geben zu küſſen/ſie brauchts zum Flöhedören.

**Pracht.** Beynebens/daß ich morgiges Tages ihrer in dem Garten erwarte/dero auffzuwarten.

**Burlach:** Der Herr mache mit mir keine Ceremoni/ ich werde ſchon kommen/vnd werde mich ſelbſten mitbringen: Verbleib deß Herrn vnwirdiger Patron.

**Eigner f.** Nimb den andern Fuß auch mit.

**Burlach:** Vnd du nimb dich bey der Naſen/ſo haſt ein Senck von einem Schelmen in Händen.

**Pracht.** Verſchwender mein Hoffmeiſter wird gewiß nicht wiſſen / wo ich bin / vielleicht iſt er zu Hauß/ich muß mich beſtellen/ſie mit einer kleinen Merenda zu bedienen. Gerechtet euch Buben auff einen Tantz: Vnd du Fritz/wirſt zuvor das Lied ſingen/ſo ich zu Ehren der ALLAMODA hab componiret. Sing mir nur fein recht vnd deutlich / ſonſten wird die Spitzruthen Dienſt haben.

## Vierdter Aufftritt.

### Spahrer/ Prachtmäſſiguing/ Pracht /Paßhi.

SO hat der **Pracht** den Spiegel zwar empfangen/ aber wenig geacht/ iſt das Lehrſtuck ihm ſo bald auß dem Sinn entwichen/als die Geſtalt in dem Spiegel.

**Pracht=** Als er ſich anfänglich erſehen / hette ich gute Hoffnung/ er wurde ſein Leben beſſern / ſein
**mäſ.** Prache vnd Hoffart mäſſigen. Aber/vergebens iſt die Artzney/wann der Krancke ligt in Zügen. Gewonheit iſt ein Eyſenes Hemmet/ laſt ſich nicht leicht auſſziehen. Vbel iſt der Jugendt zu rathen / dann das gute wird alzeit von jhnen in böſen auffgenommen. Den Roſt bringt man nicht leicht vom Eyſen. Die ALLAMODA hat zu ſehr eingewurtzelt in ſeinem Hertzen/man kan ſie nicht außreuten.

**Spaßꝛ:** Elende Zeitung; mein Hoffnung iſt gewiß gefallen in Brunn. Wann dieſer Spiegel nicht hilfft/ſo iſt er gewiß verlohren. Es iſt auch mit jhm: Es iſt vmbſonſt/was der Blinde gibt vmb das Liecht. Einer der ſich ſchon ſtürtzt/den kan man nicht auffhalten.

Da

**Pracht-**
**mäſſ.** Da kombt er eben daher. O du elendes Kind! O du verlohrner Sohn! Deines Vnglücks eygener Meiſter.

**Spaßr:** Ach allerliebſter Sohn! Hertzallerliebſtes Kind!

**Pracht.** Vatter/oder Großvatter/es gilt mir eben gleich/laß mich einmahl mit Fried/laß mich nach
meinem Kopff leben.

**Spaßr:** Ich bitte dich/ſchawe an die Thränen meiner Augen/laß dir zu Gemüth gehen die Seufftzer meines Hertzens/eyle nicht alſo zu der Ehe/reiſſe deine Gedancken/vnd gedencke: Es iſt
zwar bald geheyrath/aber dieſer Kauff iſt er einmahl geſchloſſen/man kan ihn nicht vmb-
ſtoſſen/es rewe einen oder nicht.

**Pracht.** Den Fuß werdet ihr nicht dörffen klagen/ wann mich der Schuech ſolte drücken.

**Spaßr:** Mein Rath der iſt verworffen / auff das wenigſte laß dir belieben / dich noch einmahl zu betrachten in dem gezeigten Spiegel.

**Pracht.** Spiegel? Der Himmel bewahre mich/ daß ich ein ſolches Zauberſtuck ſolte anſehen.

**Pracht-**
**mäſſ.** Was? Ein Zauberſtuck ſoll ſeyn der Spiegel?
Vor nichts anders erkenne ich ihn. Der ihn euch hat gegeben/wird ihn auch bezahlen.

**Pracht-**
**mäſſ.** Mit ein ſolchen Deſpect, meinen Spiegel ein Zauberſtuck zu nennen / vnd die Bezahlung
auff einen andern ſchieben? Seyt ihr auch einer von demſelben Geliffter/wann ſie ſollen
bezahlen/wann man von ihnen das Geldt thut forden/ſo bezahlen ſie mit dem Prügel/vnd
laſſen ihn die Stiegen entwerffen? Ich hab mein Sach nicht geſtohlen / redlich hab ichs
verkaufft/redlich wil ich auch bezahlt ſeyn.

**Pracht.** Gemach / es darff kein Pochen. Wer ſagt / daß ihrs geſtohlen habt? Gedulder euch nur
ein Stund/da Cavalier/ich wil euch bezahlen.

**Pracht-**
**mäſſ.** Es ſagt mancher alſo / vnd iſt doch alles nichts: Gibt er die Parola, ſo zahlt er gewiß mit
Worten.

**Pracht.** Aber das alte Hexenwich / die Teuffelsliſtige Zauberin von **Klugheit** / ſo dieſen Spiegel
verzaubert/die ſoll mir den Spiegel bezahlen/ſolte ihr der Teuffel das Liecht halten.

**Pracht-**
**mäſſ.** Gemach / ſchawr was ihr redet; rede was ihr verantworten könt. Greiffe ſie nicht an Ehren an/ich bin gut für ſie.

**Pracht.** Schaw! das fallirte Krämerle! das verdorbene Kauffmännl! Nos poma natamus, die
Stahläpffel wöllen auch ſchwimmen.

**Pracht-**
**mäſſ.** Ihr erkennt mich nicht / ihr wiſſet nicht wer ich bin: Ich förchte kein Spitz deß Degens.
Nembt von euch ſelbſten den Bericht/ wie offt ewer ſtoltzer Pracht vor mir ſich entſetzt.

**Pracht.** Das müſte ein Kuh lachen. Mein/ſagt mir/ wer ſeyt ihr dann?

**Pracht-**
**mäſſ.** Einem Kauffmann ſihe ich jetzt gleich / aber in der Warheit ſelbſten bin ich die jenige / ſo
**Pachtmäſſigung** werde genennt.

**Pracht.** Hoho/ſeyt ihr die Fraw **Prachtmäſſigung**! Ho ho / es iſt vmbſonſt / ich bin nunmehr
kein Kind/ich förchte die Ruthen nicht/ich bin ihr ſchon entwachſen.

**Pracht-**
**mäſſ.** Das weiß ich nur gar zu wohl ; die Erfahrung gibts mir ſich / daß ihr mich gantz veracht.
Glück zu mein Freund **Spaßer**/ſein Boßheit iſt vollbracht.

**Spaßr:** Glück zu meine Freundin.

**Pracht.** Daß du dir den Hals brichſt.

**Spaßr:** Biſt du noch entſchloſſen/dir den Hals zu brechen?

**Pracht.** Ich wil thun/was mir gefällt.

**Spaßr:** Bleibſt du noch beſtändig mit der ALLAMODA?

**Pracht.** Ehender werden die Gewelber deß Himmels einfallen/als ich mich verändere.

**Spaßr:** Ach weh/was höre ich! Kombt die ALLAMODA in das Hauß/ſo wachſen die Vnkoſten/
gibt mir den Garauß.

**Pracht.** Wolt ihr euch ſelbſt vmbbringen/ſo weiß ich nichts zu ſagen.

**Spaßr:** Sey dieſes ingedenck/wer einen veracht im Leben/deſſen gedenckt man nicht im letzten Teſta-
ment.

Da

**Pracht.** Da haben wir die Ruthen im Fenster. Wann ich wegen der Erbschafft soll leben / wie es euch gefällt / diese Hoffnung kostete mir gewiß ein theures Geldt.

**Spaßr:** Was soll dir theurer ankommen / mir ein Vergnügen zu geben / weil ich vielleicht nicht zwey Tag hab zu leben.

**Pracht.** Mein eygener Content ist mir tausendenmahl lieber / als ewer Testament.

**Spaßr:** Wie du dir wirst betten / also wirst du ligen. Lebe wie es dir gefällt / spitz dich nur nicht / mein Pracht / auff Erbschafft oder Geldt.

**Pracht.** Ich gedenck auff euch vnd ewer Erbschafft / wie deß Goldschmieds Bub. Diese alte Schmeisser mit berechnung der Enterbung / thun ihnen gäntzlich einbilden / vns junge Leuth zu schröcken. Es wird gewiß was newes seyn / ein Testament zu disputiren. Die Welt müste haben ein End / wann die Advocaten nicht mehr wusseten vmbstossen ein Testament. Man kan die Text noch wohl ziehen / besser als der Schuster das Leder. Ist das nicht aber ein Spott / daß einer auch will schaffen / wann er im Grab ligt todt.

### Fünffter Aufftritt.

#### Verschwender / Pracht / Paßhi.

**G**nädiger Herr / der Zubringer hat einen Kauffer. Aber verzeyhet mir / die Eviction wil er haben / wofern das Gut von andern soll werden argesprochen / daß er sein Geldt wiederumb soll haben.

**Pracht.** Er hab mit diesem genug / daß ich mein eygene Sach verkauffe.

**Verschw:** Oder aber / daß es nach gemeinem Brauch alles soll seyn fayl geschlagen / vnd der Vnkosten publici werden.

**Pracht.** Das thun Fallirten. Pfuy / man möchte gleich sagen / ich wäre schon gantz verdorben. Pfuy / das thue ich nicht.

**Verschw:** Oder aber / an Getrayd vnd Habern wil er die Außstallung machen.

**Pracht.** Wann aber der Haber wäre / wie jener / so vmb ein Spottgeld erkaufft war auff dem Marckt / zu Hauß aber hat man befunden / daß schier vber die Helffte der Habern nichts anders wäre / als klein geschnittenes Stroh.

**Verschw:** Noch ein andere Condition / schlägt er Ihr Gnaden vor / sie muß gewiß gut seyn / dann sie ist von Wein. Im Abschlag wil er geben etliche Fässer Wein / neunzigjährigen Pozkalischen.

**Pracht.** Was soll ich machen mit Wein / kan man ihn doch nicht versilbern? Der Wein der gilt jetzt nichts.

**Versch:** Er selbsten wird ihn verkauffen / auffs wolfaylste als er kan / damit sie nur können Geldt haben.

**Pracht.** Ach das ist schlimm! Doch trag ich Geduld. Ich bin in solchen Nöthen / daß ich muß Geldt haben. Schließt jetzt gleich den Kauff / gebt Ordnung in dem Garten / daß alles sey in Bereitschafft.

### Sechster Aufftritt.
#### ALLAMODA.

#### Lied.

Ich empfinde groß Angst vnd Schmertzen /
So offt ich nur an ihn gedenck
Was macht **Pracht** in meinem Hertzen?
Daß ich also Lieb erkränck.
Ach mein Liebster! Ach mein Seele!
Ich komm schon / vnd saum mich nicht.

Ich kan kaum die Zung mehr heben /
Ihm zu singen ein Lobgesang /

*Allhier erscheinet die Allamoda singend in einem Wagen / so von zweyen Indianischen Raben in der Lufft wird gezogen.*

Liebes-

LiebesPfeil die machen eben/
  Meinem Hertzen weh vnd bang/
Ach mein Liebster/ꝛc.

Sein Gestalt/sein rothe Wangen/
  Schöner Mund vnd krauses Haar/
Mehren in mir das Verlangen/
  Vnd erquicken gantz vnd gar.
Ach mein Liebster/ꝛc.

Ich muß schweigen/kan nicht singen/
  Es erstummet mir der Mund/
Durch die Wolcken wolt ich dringen/
  Wann ich kunt zu dieser Stund
Nur fein bald seyn bey meim Liechte/
  Ich komm schon/ꝛc.

O Ihr Vögel/die mein Wagen
  Ziehet mit ewrer Schnelligkeit/
Einen frischen Flug thut wagen/
  Bringt mich bald zur Fröligkeit/
Zu meim **Pracht**/zu meinem Liechte/
  Ich komm schon/ꝛc.

## Siebender Auffritt.
### Spahrer.

Wann ich gesäet hette in dem Meer/geackert in dem Lufft/so hette ich doch zum grössern Nutzen gehoffet/als ich bey meinem **Prachte** erspühre. Mich gedunckt/ich wolte ehender auß dem Schnee Saltz/auß dem Wasser Essig können machen/als auß meinem **Pracht** einen sparsamen Mann. Ich hab die Ohren so voll/daß ichs nicht mehr kan ertragen. Man wil ihn schon alsgemach in die Zech der Fallirten bringen: Alsgemach wird alles verkaufft: Jederman lacht von Hertzen/was das für ein Wirthschafft ist. Das Geldt wird bey ihm vnsichtbar: Kombts heut in den Beutel/morgen siher mans nicht mehr. Man schöpffet einen Brunnen auß/geschweigen einen Beutel. Was für Vnkosten wendet er nicht jetzt auff/auff die verfluchte ALLAMODA? Diese zu bedienen/hat er einen Garten bestelle/diese Furia zu ergetzen. Ich wolte/daß der Geruch der Blumen wurde zu lauter Gifft/vnd daß der erste Bissen das Hertz ihr solte abstossen. Ach wie bin ich veracht! Ihr Götter wollet nicht zugeben/daß ich so lang soll leben/daß ich das Vnglückseltsten vor meinen Augen soll sehen. Versichere dich **Pracht**/ich schwere dirs/wann ich gleich sole sehen/dich vor Hunger sterben/so wil ich dich doch enterben/weilen mein trewer Rath von dir/du böses Kind/verspottet ist vnd verhönt. Ach weh/das Hertz zerspringt mir/die Zung wird mir stumm!

## Achter Auffritt.
*Allhier verändert sich d' Stadt in einen Garten.*

### Pracht/ALLAMODA, Verschwender/ Eygner Sinn/ Lust/ Pasßhi.

*Allamoda wird von dem Prachte geführt in Garten.*

Schöne Gebieterin/sie vergebe meiner Kühnheit/daß ich mich hab vnterfangen/sie in dieses schlechte Gärtl zu bemühen/die Blumen werden mir verobligiret seyn/weil ich ihnen ein so schöne Sonne bring anzublicken.

Allam: Deß Herrn **Prachtes** angebohrne Höfflickeit/weiß man schon/daß sie nicht ist zu beschreiben/sie ehren ihre Dienerin mehr/als sich die Verdiensten erstrecken. Die Blumen können sich glückseelig schätzen/weilen die Wolredenheit auß dero Mund ein Rosengarten gemacht hat.

**Pracht.** Alßdann schätze ich mich glückselig/wann ich ihr/mein schöne Frewd/kan auffwarten/ihre Befelch allein/können mich glückselig machen auff der Welt.

Glück

Fabian Harownia delt

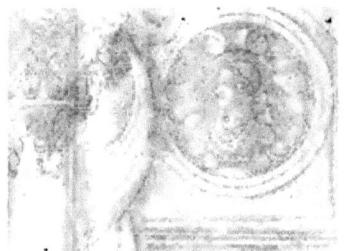

Allam: Glückselig würd ich mich schätzen/wann ich wuste/daß ich in dero Gnaden lebe.
Pracht: Ein Diener hat kein Gnad außzutheilen/sondern zuerwarten; die Geniessung ihrer Gnaden/ist ein Erhaltung meines Lebens. Ihre Augen seyn Lantzen deß Achillis; verwunden sie die Hertzen/so können sie sie auch heylen.
Allam: Die Schönheit/so mein Hertz mir zueignet/ist ein Wirckung seiner Höfligkeit/aber was sie in mir loben/finden sie besser in ihnen selbsten.
Lust: Gnädiger Herz/mit dem Frawzimmer mit Höfligkeit zu streiten/würde auch Hercules verlieren/die Schönheit ist ihnen angebohren/die Höfligkeit ist ihr Eygenthumb/die Complementen bleiben bey ihnen ewig.
Verseh: Gnädiger Herr/beliebt dero sich in die Grotta zu retiriren/biß auß dem Garten die Sonne ist entwichen?
Pracht: Der Sonnen werd ich heut nicht können entweichen/damit ich habe sie vor den Augen/vnd bin wordten ein Sonnwendl ihrer Strahlen/in dem ich den Anblick ihrer Augen kan geniessen.
Allam: Auch deß Herrn Pracht Gespött/muß man vor ein Gnad halten.
Pracht: Die Warheit muß man kein Gespött nennen. Aber/mein schöne Ergetzligkeit/beliebt dero in die Grotta zu spazieren/alldorten sich ein wenig ergetzen/vnd mit Erlaubnuß geben/weiter meines Hertzens Interesse zu tractiren.
Allam: Sie haben mit ihrer Dienerin zu schaffen.
Lust: Jetz ist die rechte Zeit/dem Wollust vnd Frewden soll man abwarten/zu geniessen die Blumen in diesem schönen Garten. Die Vögelein singen/die Blumen thun lachen/die Hirschen springen/die Fisch thun sich schwingen/es lebet alles in Frewden/man muß sich erfrewen.
Pracht: Beliebt ihr/mein Schöne/zu spazieren?
Allam: Wil folgen.
Pracht: Bitt.
Allam: Sie schaffen mir nur keine Vnhöffligkeit.
Pracht: Ein solche würd ich begehen/wann ich würd vorgehen.
Allam: Weil sie also schaffen/so wil ich gehorsamen.
Pracht: Kein Gehorsamb/sondern ein Billigkeit.
Zigner s: Sey gelobt deß Kirschners alte Fuchsmützen/ daß es einmahl ein End hat. Ist das nicht ein Gepräng/ein langes Dicentes herunter gewest? Sie seyn mir beyde vorkommen/als wie Cyriacks Kramer/wann sie einmahl anfangen zu schwätzen/so haben sie kein End. Sie haben gewiß heut Gäns-Hindern gessen/daß ihnen also das Maul ist gangen/wie wirds erst in der Grotta zugehen? Ey so schwätz/daß dir das Maul erkrumb/wie dem Storchen der Schnabel.

## Neundter Aufftritt.

### BVRLACHIN.

Gemach/gemach mit der Braut/damit die saubere Braut nicht in Graben fälle. Ich fange schon an in den Himmel zu fahren. Ich komme schon in den Thier Krantz/ich empfinde schon hinder meiner deß Stiers seine Hörner. Jetzt kome ich schon zu dem Hauß deß Steinbocks/das ist gewiß der Schneider Herberg: Had/had/rechte Hand. Jetz komme ich zu dem Wassermann/da wohnet gewiß ein Bierbrewer. Had/had/gemach/schi/schi/gemach! Potz Schoperpenct/gemach! Ach! Ach! Ich fall/ich fall! Ay/ay! Wo ist der BVRLACHIN? J! Wer hat den BVRLACHIN gesehen? Hundert Reichs Thaller wer ihn findt. Ach da ist er! Das ist noch gut abgangen: Ich erfrewe mich deß Herrn seiner Gesundheit/vnd glücklicher Ankunfft; vnd ich deßgleichen. Nein/mit dem Lufft thuts kein gut/auff der Erden ists besser/wirfft man den BVRLACHIN vbern Hauffen/so kan der Schelm wieder auffstehen. Es wäre mir bald ein Vnglück geschehen/wie jenem Schneider/als er ist vom Himmel gefallen/ist er an einem Spinngeweb

*Hier thut er einem Fall auß der Lufft auff die Erden.*

henckten

hencken bleiben/ich aber wäre bey einem Haar hencken blieben an einem Galgen: Das wäre ein schöner Klachl gewest/in eine Höltzerne Glocken. Ich hab ein so Hauffen Narrenpossen gesehen/wie ich bey Schnaraffenland bin vorüber gefahren/daß ich mir gewunscht habe/daß ich dort möchte König seyn. Warin ich gedenck an denselben Berg/ es kombt mir noch ein Appetit. Es war ein großmächtiger Berg von lauter geriebenen Käß/vnd bey dem Berg stosse vorbey ein Wasser/war aber kein Wasser/sondern lautere zergangene warme Butter: Vnd es regnet/Nudeln vnd Macaroni: Die Nudeln vnd Macaroni fallen auff den Berg von Käß/waltzen sich darinn herumb/vnd fallen vom Berg herunter in die warme Butter/da schwimmen sie daher so hüpsch angeloffen/wie ein trächtige Kuhe. Im Fürüberfahren wolte ich auch ein Hand voll nehmen/so führet mich der Teuffel herunter: Vnd wann ich wäre in die Butter gefallen/ach wie gern hette man mich gelect. Ja/wo bist ich? Ich sihe/ich bin im Garten. Aber weiß/wo meine ALLAMODA ist? Ho/ho! Ists vmb diese Zeit? Ich komm schon/ich komm schon/ mein Theil auch mit/sonst sag ichs.

## Zehendter Aufftritt.

ALLAMODA, Pracht/Verschwender/Eygner Sinn/
BVRLACHIN, Passhi.
Anhier verändert sich der Garten in eine Grotta.

**W**Je hertzig ist die Grotta/wie schön kühl?

Pracht. Die Kühle kan ich nicht empfinden/weilen ich so nahend sitze bey dem Fewer meines Hertzens.

Burlach: A ha! Bona dies. Ists vmb diese Zeit? Wie befinder ihr euch? Ich mein/es heißt bey etich: Was sich selbsten zusammen fügt/darff der Tischler nicht leymen. Es gibt ein rechte Himmlische Constellation ab/ich mein/die Jungfraw sey im Zwilling.

Allam: Woher/du leichtfertiger Vogel?

Burlach: Zuvor war ich wohl einer/so lang ich im Lufft war; aber jetzt nicht. Das war ein Capriola, wie ich mit der Nasen auff den Boden fiel! Habe mein Tag kein Garten gesehen/wo so viel Gimpel seyn/als wie da.

Pracht. Heist das so/fleissig seiner Fräwle auffgewart?

Burlach: Ich hab nicht gewart/sondern schnapps/da lag ich: Es fiel ein Dieb herunter/fiel auff den Schelmen/vnd lag auff einem Bernhäuter. Aber nicht viel von dieser Materi, dann sie ist gar zu hoch. Aber ja/was sitzen wir dann in der Grotta/als wie Marcolphus in einem alten Bachofen: Es ist noch forth besser bey dem Wirth bey den Dreyen Hasen/der hat einen guten Oesterreicher Wein. O du Güldenes Weinl/wie geschmiert rinnest du hinein!

Pracht. Holla Verschwender/die Schalen her!

Burlach: Was/Schellen? Wolt ihr im Schlitten fahren? Was Teuffel kombt euch an?

Eigner S. Schalen/hat er gesagt/nicht Schellen/du Telpel.

Burlach: Der Herr behalte den Titel/vnd wolle mit einem Flegel vorlieb nehmen.

Pracht. Bitt/man wolle nehmen.

Burlach: Der Herr darff nicht bitten/ich wil schon selbst nehmen.

Allam: Du grober Esel.

Burlach: Ich wils schon geschmeidiger machen.

Allam: Bitt/sie wollen auch nehmen.

Pracht. Gemach/das ist kein Bißl vor einen Narren.

Burlach: Darumb nimb ich euchs weg.

Pracht. Bitt/sie wollen essen.

Allam: Ich bin schon von Gnaden ersättiget.

Burlach: Ich aber nicht.

Pracht. Beliebt dero ein Gläßl Wein? Sie schaffen.

Allam: Was sie befehlen; aber nur kein starcken.

Gebt

Fabian. Harownia. del:

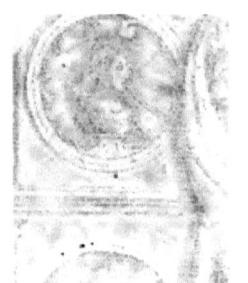

Burlach: Gebt ihr einen / wie sie jhn zu Hauß trinckt. Wir trincken zu Hauß lauter Frantzösischen Claret, der gesetzt ist worden in Wassermann.
**Pracht.** Ein wenig Canari wird nicht schaden. Holla, ein Canari!
Burlach. Canari ist ein Vogel. Habe mein Tag nicht gesehen / daß man einen Vogel trinckt / aber wohl frißt.
**Pracht.** Bitt, sie wolle trincken.
Burlach. Ist das der Canari? Ich wolt / ich hette ein Fäßl voll solcher Vögel. Cum licentia, ich muß den Wein sehen / was hat er für ein Farb? Drey Sachen muß er haben: Schöne
*Die fangt er an zu trincken* Farb/guten Geruch/vnd guten Geschmack. Schön ist er/ er riecht gut/ aber er schmeckt noch besser. Ich sihe, das Glaß ist nicht recht außgewaschen/jetzt ist es schon klärer.

Allam: Ho ho, Narr, das ist zu voll!
Burlach: Ich wils schon vbertrincken.
**Pracht.** Das ist zu wenig.
Burlach: Zu wenig? Schon gut.
Allam: Jetzt ists recht.
Burlach: Ists recht? Für mich auch.
Verschw: Ich glaub, der Kerl sauffet ein Meer auß. Paschi, wasch das Glaß auß.
Eigner s. Der Kerl hat ein gewaltige Stimm zum Fressen vnd Sauffen.
Burlach: Ich mein, der Herr könte mein Capellmeister seyn.
Allam: In Gesundheit deroselben, die sie lieben.
**Pracht.** Vivat, sie selbsten.
Burlach: In Gesundheit vnser, das ist ein freundlicher Trunck.
Allam: Trefflicher Wein.
Burlach: Hab ichs nicht zuvor gesagt / daß er gut ist? BVRLACHIN ist kein Narr / es schmeckt jhm besser ein Gläßl Wein, als ein Pinde Wasser von der Moldaw.
**Pracht.** Ein schlechter Fuhrmann, der nicht kan vmbkehren. Dero Gnad vnd guter Gesundheit.
Burlach: Gemach Herr / ihr möcht vmbwerffen. Gelt, ich kan vmbkehren? Ich sihe, es wird noch ein guter Fuhrmann auß mir werden.
Allam: Ach du grober Schelm, laß mich nur nach Hauß kommen.
Burlach: Wer verbiets euch?
Allam: Schweig, ich wils der Fraw Mutter sagen.
Burlach: Schweig, ich wils der Fraw Mutter sagen. Ich wils auch sagen.
Allam: Was?
Burlach: Daß ein guter Fuhrmann auß mir wird werden.
**Pracht.** Verstandener massen.
Burlach: Verstandener massen.
Eigner s. Sauff, daß dir das Hertz abstoß.
Versch: Der Kerl ist zu Montefiascon gebohren.
Burlach: Ein Dorff-Politicus muß solche Sachen nicht achten. Der Canari Vogel singet wohl.
Versch: Gnädiger Herr, wir haben gehört, daß der Fritzl der Paschi trefflich singet.
**Pracht.** Beliebt deroselben jhn zu hören?
Allam: Wird mir ein Gnad seyn.
Burlach: Mir auch, nur ein Glaß Wein her.

## Fritzl der Paschi singet.

Wer kan deinen Pfeiln entstehen/
O du starcker Bogen-Gott?
Jupiter muß vor dir knien/
Vnd anhören dein Gebott/
Jhm entfällt der Donner Keil/
Wann jhn trifft dein Liebes Pfeil.

    Alle Götter pflege zu führen/     Allamoda euch gebühret/
    In den Ketten dieser Held/     Mein betrübte Liebes Klag/
    Alle Macht an ihn verlieren/     Meines Hertzens Wund herrühret/
    Die obsiegen in dem Feld:     Von demselben Frewden Tag/
    Kein Verstand so klug nicht ist/     Da ich antraff vngefähr/
    Daß nicht grösser wär sein List.     Was mich hat erfrewt so sehr.

    Deine Macht hast gnug erwiesen/     Ewre Schönheit hat gebunden/
    Wie verwundt hast du mein Hertz/     Mein Hertz/Freyheit/vnd Gemüth/
    Schöne Augen ihr habt erwiesen/     All mein Stärcke vberwunden/
    Daß ihr mischet Frewd mit Schmertz/     Vnterworffen ewrem Gbiet/
    Ihr verwundt das Hertz mit Frewden/     Thu mich also euch ergeben/
    Wer wolt diese Pfeile meyden?     Bitt/laßt mich glückselig leben.

**Pracht.** Das ist das Lied/so ich deroselben **gemacht hab.**

**Allam:** Vielleicht hat man mich nicht gemeint.

**Pracht.** Gewißlich kein andere Persohn/als mein schöne Götin.

**Allam:** Bitt freundlich/kein Ungelegenheit zu nehmen/weil es schon spath ist.

**Pracht.** Was sie schaffen; wann ihnen beliebet auch meine Paßhi sehen zu tantzen/wird sie mit ihren Gnaden mein Schuldigkeit vermehren.

**Allam:** Mein Goldener Herr **Pracht** / sie nehmen ihm gar zu viel Ungelegenheit / wie werde ich solche Gnaden wiederumb verschulden?

**Pracht.** Kein Schuld/sondern mein Schuldigkeit.    Holla Paßhi/zum Tantzen!

*Die tantzen die zween Paßhi/darauff verschließt sich die Grotta.*

## Aylffter Aufftritt.

### Müssiggang/ Gmischgmaschius von Allerley durcheinander
### Notarius.

**Also** vnd solcher Gestalt/wie ich gesagt hab/wolte ich gern/daß sie die Heyrath zwischen meiner Tochter Allamoda, vnd Herrn **Pracht**/ theten schliessen. Aber die Warheit zu sagen/ je weniger ich darmit zu thun hette/ je lieber wäre es mir / mein Humor ist ruhig zu leben/vnd nichts haben zu schaffen.

**Gmisch:** Equidem quandoque propterea, vnd derohalben/hab ich nur wollen vernehmen/was gestalt die Heyraths Abredung in termino & modo consueto, secundùm leges & statuta Patriæ, &c. solte beschehen / quia contractus de præsenti debet esse personali, **wie der Brauch laufft/die Iura erfordern/vnd Landsordnung vorschreiben.**

**Müssig:** Ich weiß vmb keine Iura, dann ich hab nichts studirt: Studiren ist kein Handthierung für den **Müssiggang**/macht was ihr wolt/Herr Notarius, gebe mir nur nichts zu schaffen/ vbergeben ist euch die Sach.

**Gmisch:** Esto & licet, doch kan man auff dieser Welt/secundùm Regulas Iuris, vermög deß alten Codex, Novellen vnd Infortiato/ nicht ohne Sorgen leben; dieweilen der Mensch wird definirt, Animal civicum commune, §. me inscio, ff. non intelligimus hoc dictum, ad legem Corneliam de acquirenda rerum domesticarum possessione, kan es aliter nicht seyn/als daß er in Sorgen stetts muß leben.

**Müssig:** Das ist ein newe Lehr/ welche mir nicht gefällt/ dann wer ihm nimbt viel Sorgen/ hat kein Gewißheit/ob er wird leben biß Morgen.

**Gmisch:** Aber, ut in proposito casu, statu & causæ cognitionis verbleiben/dieweilen bewust/daß Nuptiæ sunt contractus inter fœminam & consortem, de Marito & Vxore proximè futuro, secundùm rati habitionem ultimæ voluntatis, testium præsentium, per nutus vel per verba inflexibilis promissionis de stando & parendo, quotiescunque ad forum civile vel seculare suam causam dicendi, &c. also wil es sich erfordern/daß wir auch testes, testimonia vnd Zeugen haben/so dem Contract beywohnen.

**Müssig:** Wie sollen aber die Zeugen seyn?

**Gmisch:** Die Zeugen müssen seyn jugegen/quia contractus est de præsenti, kein Krumper taugt dartzu/alioquin diceretur, quod contractus claudicaret, noch weniger ein Blinder/quia testis de viso multum valet, noch weniger können die Weiber Zeugnuß geben / quia mulier & mendacium idem censentur esse, cùm ab eadem litera incipiant.

                                                                                     Der

**Müssig:** Der Herr machs wie er wil/sie verstehen die Sach viel besser als ich.

**Gmisch:** Optimè Domine, wo werden wir aber die Zeugen finden?

**Müssig:** Zeugen gnug. Wie viel seynd ihrer vonnöthen?

**Gmisch:** Dos est Nuptialis donatio, seu donatio per nuptias; & cùm sint pacta dotalia, & omnis pactus sit contractus, ideo in ore duorum vel trium, zween oder drey/so ist der Handel richtig.

**Müssig:** Deß Bräutigambs Hoffmeister vnd Diener/werden sie zur Sach taugen?

**Gmisch:** Optimè & in bonissima forma. Wie heissen sie?

**Müssig:** Der Hoffmeister deß Herrn **Prachts**/den ihr schon kennet/heißt mit dem Nahmen/**Verschwender von Vollauff** gebürtig/sein Diener heißt **Eygner Sinn von Narrendorff**/auf **Lappenland** gebürtig. Bitte also meinen Herrn/den Heyraths-Brieff auffzusetzen auff das beste/als er weiß vnd kan/doch solcher gestalt/daß ich nicht darüber den Kopff habe zu brechen/noch weniger zu schaffen. Der Herr weiß vnser Vermögen/vnd ich deß Herrn Kunst: Kan der Herr ein krumpe Sach recht machen/so wird er auch wohl können auß einer Muck einen Elephanten machen. Der Herr erinnere sich seines Nahmens/vnd bestettige ihn mit der That.

**Gmisch:** Lex & vaftricies utrumque est Genitivi casûs, Also haben wir lege de proximo decipiendo §. quotidie hoc facimus, ff. de stylo Causidicorum, ad glossam ordinariam, si cupimus habere pecunias. Also kan sich mein Herr versichern/daß das Instrumentum dotale nach deß Herrn Humor soll auffgesetzt werden: Ich wils also verzuckt/verdräher/verrieben machen mit dem &c. mit Item, vnd auch so viel/noch mehr/vnd dergleichen/daß es ehender solt scheinen ein Extract von einer Chimera, ein Quint essentz von Metaphysischen Geistern/als ein Heyraths Brieff: Ad formam Prætoriam formatum, secundum Regulas universales & particulares, de & super jurandi, excipiendi, & protestandi. Wil mich gleich darüber machen. Mea servitia.

**Müssig:** Dem Herrn mein Dienst/werde mit Verlangen die Gnad erwarten.

## Zwölffter Auffstritt.

**Pracht/ALLAMODA, Ehrsucht/Müssiggang/Verschwender/ Eygner Sinn/ Gmischgmaschius/ BURLACHIN, Paßhi.**

**W**Arten/ist ein Marter der Verliebten/vnd. Was vor Gnaden seynd diese/einen vnwürdigen Diener also zu begnaden/die Vngelegenheit zu nehmen herab zu kommen.

**Ehrsu:** Ich weiß von keinem Diener/aber wohl von einem Herrn Sohn. Mein Tochter hat ein grosses Verlangen/dero Gegenwart sich zu erfrewen.

**Burlach:** Sie hat ein solches Verlangen gehabt euch zu sehen/daß sie heut die gantze Nacht nichts hat können essen.

**Pracht.** Mein Adeliche Fräwle/wie werde ich können solche Gnade verschulden?

**Burlach:** Mit einem paar Ohrfeygen.

**Allam:** Ich weiß von keiner Schuld/als demselben zu dienen.

**Pracht.** Mein Schöne/dieses thut mir gebühren. Hoffmeister/was sagt ihr? Was meinst **Eygner Sinn?**

**Versch:** Die Warheit zu sagen/diese Dama ist ein Königreich werth. Wer wolt sein Haab vnd Gut nicht geben einen solchen Schatz zu besitzen.

**Eigner S.** Gnädiger Herr/sie seynd nicht einfältig/sie wissen wohl was schön ist.

**Burlach:** Da kombt mein Wampeter Vrian daher. Was führt der Kerl vor ein Lampazium mit? Das ist ein Stuck auß der Kunstkammer Marcolphi.

**Pracht.** Herr Vatter/ich vnterwirff mich/als ein vnwürdiger Sohn.

**Müssig:** Ich nimb dieselbe auff vor mein liebes Kind. Da ist nun vnser Herr Notarius **Gmischgmasch**/so den Heyrathsbrieff hat gestellet/vnd ob ihnen beliebt denselben anzuhören vnd einzugehen/wird mir vnd den meinigen zu vernehmen stehen.

**Pracht.** Gar wohl: Sie schaffen vnd befehlen.

Aller-

**Mäſſig:** Allerliebſter Herr Gmiſchgmaſch/wollen ſie die Sach leſen?
**Gmiſch:** Libentiſſimè & plusquam libenter.   Eſt figura Cacoſoniæ.
**Burlach:** Ja / ſolche Brillen wolte ich dir gern auff die Naſen ſetzen / ſo zu Caco Cacoſoniæ gemacht werden.
**Gmiſch:** Silentium, adſint aures, & omnes contaceant.
**Burlach:** Ich merck's an der Red/der Kerl iſt entweder ein Spanier von Ulm/oder ein Niderländer auß Croaten/oder ein Frantzos auß dem Portgal.
**Gmiſch:** Iſt der Herr/der Herr Hoffmeiſter Verſchwender / vnd der Herr der Eygner Sinn?
**Ver:Ey:** Ja.
**Gmiſch:** Wollen ſie ſeyn tanquam teſtes vocati, adſciti, adſcripti, nominati, & ad hoc ſpecialiter rogati, in & in re, &c. in contractu, &c. tanquam, &c.
**Ver:Ey:** Ja Herr.
**Gmiſch:** Equidem bene vnd vor gut/itaque.   In nomine nullius, nec Alexander nec Darius, Anno futuro, menſe præſenti, die nudius tertius ſtylo veteri, Indictione quadrageſima poſt feſta Bacchanalia.   Actum ac rogatum fuit ſub potentiſſimo Rege Tamburlano Iuris utriuſque Monarchiæ orientalis & occidentalis, Patrem Patriæ & Patriam Provinciæ: Per me infraſcriptum authoritate pauperum Regúmque Turres Notarium, juratum, declaratum, promulgatum, & publicè ſic & in quantum expoſitum & diffamatum, Quatenus ad hoc ſpecialiter inquiſitum, juratum, rogatum, & adhibitum, in contractu, conventione, adſtipulatione, de promittendo, ſervando, & ad libitum exequendo vel negando: Coram & quibuscunque opus fuerit, fatentur ac jurant, ac pro juratis declarari volentibus, teſtibus omni exceptione major, videlicet: Siquidem, vnd demnach/ interim, vnd zwiſchen/ mit reiffem Verſtand / nach wohlgepflegtem Rath/ Schickung der Götter / ac à Jove principium, ſich entſchloſſen vnd eingelaſſen hat in ein Eheliche Ehe/ de Matrimonio contrahendo, & manu tenendo: Der Hoch vnd Wohlgebohrne Herr Herr Cavalier **Pracht**/ weyland deſſ Hoch vnd Wohlgebohrnen Herrn **Gelegenheit von Guten Leben vnd Beſſern Tagen**/ vnd Ihr Gnaden Fraw Fraw **Reichthumb**/ **ein gebohrne von viel Geldt**/ nachgelaſſener Ehelicher Sohn/auff ein   Vnd Ihr Gnaden der Fräwle Fräwle Allamoda **von Armethey**/ deſſ Hoch vnd Wohlgebohrnen Herrn **Müſſiggangs**/ vnd Fraw Fraw **Ehrſucht**/ Eheliche Tochter / anders Theils:   Præfatus, ſæpe nominatus, ſupradictus & ſupraſcriptus Dominus **Pracht**/ per verba de præſenti & Sponſa non abſenti voluntariè conſentienti, wil vnd wil haben/gibt vnd verſpricht/&c. in quantum, &c. & opus eſt, &c. nemblichen zur Ehe zu nehmen/ obgedachte/ hergebrachte/ gegenwertige/ offtgemeldte Fräwle ALLAMODA zu ſeiner Gemahlin/ vnd reſpectivè thalami ſociam, tori amicam, & legitimam ad uxorem.   Herentgegen & de contrario per oppoſitionem Diametri, verſpricht vnd verwilliget zu dero Morgengab/ & dotem matrimonicam, cedit vnd transferirt in ipſum perſonæ Domini **Pracht**/ præfatus Herr Otto, etliche vngenante Dörffer/mit habenden vnd fahrenden Gütern/ nicht weit vnd gegen vber/&c.   Item, ein Schloß von Rew vnd Verzweiflung/ſo er ihm innerhalb drey Tagen wird abtretten/ ſambt der Jährlichen Ferung/ſo ſich erſtreckt auff dreyſſig Tauſendt Strich Seufftzer/ cum fidejuſſione evictionis, Anſpruch vnd Anfas/ ꝛc.   Mehrers vnd zu fernerer Morgengab/ mit plenario Vorwiſſen/ vnd pro intellecto conſenſu liberæ voluntatis, deſſ HErrn **Müſſiggangs**/ ſein Fraw Gemahlin **Ehrſucht**/ gibt/ vnd wil geben haben/gedachtem hochgeehrten Herrn **Pracht**/den halben Theil vom halben Theil/ drey Viertel darvon genommen / von einem gewiſſen Intereſſe, von einer nie gedachter Summa/ welche gibt durch Jährliche Verzinſung drey Tauſendt Falalella, verſichert auff dem Spatio imaginario.   Item gibt vnd verſpricht noch ſo viel/ ꝛc. vnd mehrers/ ꝛc. vnd ingleichen/ꝛc.   Drey gebawte Häuſer in concavo Lunæ.   Item einen Hoff mit den zugehörigen ente rationis.   Sechtzig Faß Wein/ geſerend in der abſtractione Metaphyſica.   Item, dreyſſig Weingärten/ſo gelegen auff dem Grund præter omnem expectationem.   Item das Jährliche Einkommens gewiſſer Partien Händel/welche verpfändt ſeyn in materia prima.   Item, ein Schreib Tiſchl von Glaß gedrächſelter Arbeit / voller vnſichtbarlichen Kleynodien.   Item, etliche Mobilien qualitatis difficile mobilis, mit den zugehörigen Nullitäten.   Alſo vnd ſolcher geſtalt/&c. per prioritatem temporis, &c. wil geſchloſſen haben dieſen Heyraths Contract, in Beyſeyn der Wohl Edlen/ Geſtrengen/ Ehrenveſten Herrn **Verſchwender** vnd **Eygner Sinn**/ als teſtibus rogatis, vocatis, & ad hoc ſpecialiter comparſis, ihnen/vnd ihren Kinds Kindern Erben ohne Schaden. In quorum fidem, &c. ſic & &c. die & Anno ut ſuprà, &c. per me infraſcriptum, &c. ut infra, &c.

Die

Die Herren machen das Iurament/ vnd legen die Hand auff die Brust.

Ego GMISCHGMASCHIVS Filius quondam Domini Allerley durcheinander / authoritate publica, ut supra intelligitur: Hunc Contractum Dotalitium rogavi, & rogatum feci, & in majorum fidem manu proprietatis me subscripsi, & consuetudinarium Sigillum mei tabellionatus apposui.

Dem Herrn vnd der Fräwle viel Glück.

**Burlach:** Ich wünsch auch der Fräwle so viel Glück/ als EselsOhren in Arcadia seynd/ vnd Flöh ein Hundstägen.

**Gmisch:** Hat man meiner weiter vonnöthen?

**Müssig:** Schön Danck. Wil mich schon einmahl einstellen.

**Burlach:** Ja/ wann die Katzen werden kälbern.

**Gmisch:** Ich befihle mich omnibus & singulis, exceptis suppositis & personis.

**Burlach:** Es ist Schad/ daß dieser Tyriackkramer keine längere Ohren hat/ er könte nicht namrlicher einem Esel gleich sehen.

**Ehrsu:** Nun mein lieber Herr Sohn/ die ALLAMODA ist sein/vnd wann ich an statt deß Herrn wär/ so wolte ich sie ohne weitere Ceremoni gleich heimb führen/gestalt es jetz der Brauch ist.

**Burlach:** Ja/ es ist besser/ ihr führets heimb/ so komm ich auch mit/ ich wil schon einen guten Wirth in der Kuchel vnd Keller abgeben.

**Pracht.** Was sie schaffen. Was sagt sie mein Kind?

**Allam:** Was ihme gefällt.

**Müssig:** Wolan/ mein Dienst Herr Ayden/ ich befihle dem Herrn meine Tochter/ der Himmel sey dir glücklich.

**Ehrsu:** Die Götter wollen dich erhalten: Lebe wohl mein Tochter: BVRLACHIN nimb Vrlaub/ vnd komme nacher.

**Burlach:** Ja/ das ist ein andere Music/ die meinem Magen nicht gefällt. Das ist ein rechte Hochzeit auff Speculativa Arth gemacht: Da setzet man sich satt mit Gedancken/ vnd sauft sich voll von der Einbildung. Ich mein/ es wird einer so fett darvon/als wie eine Misquetten Gabel/vnd Corpulent, als wie ein Bratspieß. Ich mein/ich werde es auch also machen/wann ich einmahls meinen Ehrentag werde halten: Es soll alles so voll auffgehen/als wann wir nichts hetten. Aber ich muß von meiner nicht mehr Fräwle/ sondern Ehrbedürfftigen Fraw Luxin/ oder Leck sie hin/ Vrlaub nehmen. Ach! Es gehen mir die Augen vber/ als wann ich mein Tag nicht hette geweinet. Nun mein Fräw/ gehabt euch wohl/vnd vergeßt ewers BVRLACHINS nicht/ der euch so lieb hat/ daß er wegen ewer auß dem Fewer in das Wasser springet; aber es müsse nicht tieff seyn. Der Himmel regne vber euch Nudl/ Knödl/ Nocken vnd Polenten/ das seyn meines Bauchs Vier Elementen/ vnd gebe euch/ was ihr nicht haben wolt. Vnd auffs Jahr einen jungen großtopffeten/ großkreyffeten Wechselbalck/ daß er auch mit der Zeit ein Narr wird/ so kombt er alsdann in meine Freundschafft.

**Pracht.** Glück zu BVRLACHIN.

**Allam.** Lebe wohl/ vnd such mich bißweilen heimb.

**Burlach:** Wann ich werde können/ so werd ich es nicht thun. Schickt nur vmb mich/wann ihr nichts vonnöthen habt/ich werde schon daheimb bleiben.

## Dreyzehendter Auffritt.

Pracht/ ALLAMODA, Verschwender/ Eygner Sinn/
Scheinbarkeit, Prachtmässigung/ Passhi.

**A**Ch mein Frewd/ was vor ein Trost empfinde ich in meinem Hertzen!

**Allam.** Ich gewiß nicht weniger.

**Prachtm.** Herr Cavalier/ ich wil bezahlt seyn/ich hab schon lang gewart.

**Pracht.** Habt ihr nicht ein Eylen?

**Prachtm.** Ich hab schon lang genug gewart.

**Pracht.** Ihr seyt gar hurtig vnd geschwind.

**Prachtm.** Das ist nicht geschwind. Ich wil nicht viel Wort machen: Gelt/ oder meine Sachen.

**Pracht.** Verschwender zahlt auß.

**Verschw.** Mit was? Die Cassa ist schon lähr/ alles ist schon verkaufft.

Bona

**Eigner f.** Bona dies, das ist auß einem andern Faß. Mein Dienst ist auß: Es ist vbel zu dienen/ wann nichts ist im Hauß.

**Pracht.** Geduldet euch ein wenig. **Verschwender/** schawe wo jhr Gelds auffireibe!

**Versch:** Der Credit ist hin/ wann man ist fallirt. Die Condition taugt nicht mehr vor mich/ ich tauge nur dahin/wo man wacker spendirt. Adio.

**Pracht.** Kombt ein andersmahl/jetzt bin ich nicht bey Gelds.

**Prachtin** Das kan nicht seyn. Mit Erlaubnuß Fraw.

*Hier greifft sie nach den Ohrgehängen.*

**Allam.** Das nicht.

**Pracht.** Bitt/kombt ein andersmahl.

**Prachtin** Ich thues nicht.

**Allam:** Ach weh/ hat mein Frewd so geschwind genommen ein End!

**Prachtin** Hertz/ ich wil das meinige/ ich begehr nichts anders.

**Pracht.** Nembs hin/ was frag ich darnach. Es wird sich schon schicken/ daß man dergleichen Wahren vmb schlechters Gelds kan finden.

**Prachtin** Meine Ohrengehenck.

**Pracht.** Gebt jhms/ sie gehören jhm zu.

**Prachtin** Herauß mit dem Handschuech.

**Pracht.** Der Ring gehört jhm auch zu.

**Prachtin** Jetzt daß ich hab das meinige/macht was jhr wolt.

**Schein:** Mein Dienst Herr Pracht: Ich vermein/ sie werden wohl wissen/ daß vmb ein Kleyd weder auff nach ob ist.

**Pracht.** Was hat man da zu verstehen?

**Schein:** Sie müssen wissen/daß ich dieses Kleyd jhr gelihen hab: Was man hat gelihen/ darff man wieder begehren. Borgen heißt nicht schencken.

**Pracht.** So ist dieses Kleyd nicht jhr?

**Schein:** Nein/ sondern ich habs hergelihen.

**Pracht.** Ist es wahr?

**Allam.** Nicht anderst.

**Pracht.** Hat sie es euch gelihen/gebt jhrs auch wieder/es ist billich vnd recht. Das bitt ich nur/nicht auff offener Gassen; gehet in das nechste Hauß/ vnd ziehet mein Weib nur auß. Die Schönheit wil bloß seyn: Verdächtig ist ein Schönheit/ so sich mit Kleidern zieret. Ach weh/ was sihe ich! Schlaffe ich? Traumbt mir/ oder komme ich alsgemach von Sinnen? Bist du es/ oder bist du es nicht? Bist du dieselbe/ so mein Hertz also verwundet? Ich hab vermeint/ ich nimb zu der Ehe ein Göttin Venus, so sihe ich vor mir ein newe Hecuba, ein junge Hechs. Ist dieses die ALLAMODA, ein solcher zusammen geklaubter Fetzen? Ach/ wie bin ich worden betrogen! Ich sihe jetzt in der That/ daß die ALLAMODA nichts anderst ist/als der purlautere Armuth. Was kan **Müssiggang** vnd Ehrsucht anders gebähren/als die Armuth? Freylich/ Armuth ist ein Tochter deß **Müssiggangs** vnd Ehrsucht. Was? Ist dieses nicht ein schönes Heyrathgut? Ruinirte Häuser/eingangene Gewölber/zusammen gefallene Dächer/ mit einem Wort/ lautere Wüsteney. Ach verfluchte ALLAMODA! Wegen deiner hab ich alles verschwendt/ durchgebracht mein Gelds/ wegen deiner bin ich gangen gantz in mal hora. Dieses Kleyd hab ich noch vbrig/nicht werde es vom Leib müssen verkauffen/wil ich das liebe Brodt essen. Vnd du vermaledeyte ALLAMODA, hast mich also betrogen. Mit dir muß ich im ewigen Elend leben. Also gehets/wer seinem eygenen Sinn thut folgen/ wer sich in dem Spiegel der eygenen Erkantnuß nicht spiegelt/ der thut das Vnglück mit seinem selbst eygenen Schaden spühren. Wer tracht nach ALLAMODA, vnd mäßiget nicht sein Pracht/der hat gewiß die Armuth jhme zu seinem Gesellen gemacht.

Experto credite Ruperto.

*Alhier wird ein voller Garbot im Tantzen repraesentiret/ vnd der Garlaßin tantzet mit der zerlumpten vnd abschewlichen Alamoda.*

*Alhier verändert sich der Baß in ein Wüsteney/ vnd die Alamoda kombt gantz vngestalt/vnd auf der massen häßlich/in einem zerlumpten Kleyd herfür.*

Fabian. Harovnia. deli:

# Zusatz.

## Eintziger Auffritt.

### Burlachin, Allamoda, Pracht.

Ich hab mirs wohl eingebildt/ es wird also werden: Wann ich ein Condition antritt/ so bin ich allezeit so glückselig/ als wie die Hund auff einer Hochzeit/ vnd die Katzen/ wann mans in der Speck Kammer sindt. Ich hab vermeint/ mein Fraw Ehrsucht das Zobel/ weilen sie also prächtig daher gehet/ich würd in floribus bey jhr leben; so sind ich/ daß ich mich also hab außgehungert/ daß man meine Därm kunt für Quinten auffziehen auff die Lautten/ so subtil vnd geschmeidig seynd sie worden. Mein Herr Bampacius **Müssiggang**/ wann ich jhn hab gebetten vmb ein Kreutzer auff Brodt/ so hat er mir ein Dutzet Grützer dafür geben; ach sie waren so wohlriechend/ daß sie einem das Ingewaidt herren auß dem Leib gerrieben/ wann er gleich einen Pantzer hette angehabt. Doch hab ich dieses Glück gehabt/ daß man mich hat zu einem Einkauffer gemacht/ aber niemahls auff den Marck geschickt: Ich hette so gutte Raittung gemacht/ in Subtrahiren von dem Beutel/ daß letztlich das Facit wäre an Galgen kommen. Aber vnsere Haußraittungen seyn just/ es gehet allezeit Nulla von Nulla auff. Ich war in einem solchen Credit/ daß man mir auff Borgen/ mehr hette faule Aepffel vnd Birnen geschmissen/ als ich selbst verlangt hette. Ein Schelm bin ich/ hab ich jemahl was gearbeit/ oder begehrt zu arbeiten/ oder mich vnd ein Arbeit angenommen; doch hat man meine trewgeleiste Dienst also bezahlet; meine schöne Talenten zum Fressen vnd Sauffen/ dieselbe natürliche Gewonheit zum Schlaffen trug einem/ ist so viel erkennt worden/ als die Quinta Essentz von einem Riebeysen von den Apoteckern. Ich befunde/ daß dieses Handwerck vor mich nicht mehr tauget/ begehrte also mein Lohn/ vnd guten Abschied/ vnd bekam vor mein Lohn ein paar Dutzet Ohrfeygen; Den Abschied gab man mir von der Stiegen herunter/ vnd leuchtet mir also mit einem Prügel zum Hauß hinauß. Wann ich auff das wenigste hette mein Allamoda Kleyd darvon gebracht/ das wär noch gut/ aber es ist hin/ dann man hat mir ein Raittung gemacht; ich hette viel verwarloset in der Wirthschafft/ absonderlich solt ich bezahlen denselben verschütteten Kübel von Pumphosen Fett/ auß welchem sie hetten können machen OLEVM PLEMPÆ, vnd verkauffen an statt deß Spiritus Liripipij, die dreyjährige Flöh/ den Alten Weibern auß dem Beltz zu treiben. Ich weiß meines Elends nicht wohin; Ich mein/ ich werde mein Fraw **Prax Praxin**/ deß Herrn **Pracht Hansius** Fraw heimbsuchen/ vnd alldorten erwan zu grossen Ehren kommen: Wann er mich wolte auffnehmen/ich wil gern einen Patron abgeben/ wann er mir nur wil auffwarten. Ich mein/ da in der nächsten Gassen wird dessen Hauß seyn. * Gemach/ gemach/ was seynd das vor Häuser? Hier wirds gar frühe Nacht/ dann die Dächer legen sich auffeinander sein bey zeitlich auff den Hewboden nider: Diese Häuser seynd hübsch lüfftig/ sie hat ein Barver ein Portel/ laßt er einen Grützer/ so stöst er auß keinem Fenster ein Scheiben auß. Mich gedunckt/ es heist hier zu Grillendorff: In diesen Häusern wirds kalte Kuchen genug geben – mich gedunckt/ es brinn so starck in der Kuchel/ als hett man einen Bachofen mit einer Sackpfeiffen geheitzt. Aber Resolution, ehe mir der Hunger vergeht. Holla/ ist niemand darheimb? Es ist gewiß heut Rath/ es wird da der Brauch seyn/ wann die Rathsherren in Rath gehen/ daß kein Burger zu Hauß bleibt. Holla/ ist niemands zu Hauß?

*Allhier betrachtet er die Wüsteney.*

Allam: Wer da?
Burlach: Komb herab/ so wirst du es sehen.
Allam: Wer da?
Burlach: Da ist da/ der da ist.

Wer

Allam: Wer da?

Burlach: Ach ha Wercktag! Nein/kein Wercktag/sondern ein halber Feyertag.

Allam: Wer da?

Burlach: Ein Nopolitanischer Soldat/ von Zuckmantel gebürtig.

Allam: Gehey dich fort du Bettler.

Burlach: Es muß gewiß ein Ziggeiner da wohnen / daß ers so geschwind errathen hat / wer ich bin. Holla/wohnet nicht die Fraw Prachtin da? Ist sie zu Hauß/oder wie ist es?

Allam: Ja/wart jetz komm ich.

Burlach: Es gedunckt mich an der Stimm / es sey die Fraw Prachsin von Armethey / wenig Geldt/und nichts im Beutel.

*Allhier erscheinet die Allamoda blutig/mit eingebundnem Kopff.*

Ay ay/ gemach/ gemach/ J! J! Was ist das für ein entloffner Teuffel auß der Höll? Ist es ein Mißgeburth eines Abendthewers / oder ein oberzeitiger. Wechselbalck von einem Wunderthier? Fraw / wo ist die Ofengabel? Werdet jhr erst an den Schabes / oder tombe jhr erst darvon? Wer seyt jhr? Ich mein / jhr seyt ein halbes Weib / ein halbe Hechs/und ein gantzer Teuffel. Was seyt jhr dann? Wer seyt jhr?

Allam: Die unglückselige ALLAMODA.

Burlach: Die Fraw ALLAMODA mit dem Planscher / mit dem schön Gickes Gackes Granger in Gewandt/ oder Guardinfant?

Allam: Die bin ich.

Burlach: Ist das das schöne Kleyd? Wo seynd die Ring? Wo die Ohrgeheng? Gelt / es hats gewiß der Wirth bey Drey Haasen auffgehebt / In Summa / wir beyde seyn treffliche Alchimisten, wir können bald auß den Ringen Oesterreicher Wein schmelzen. Aber was bedeut dieser eingebundener Kopff? Habt jhr den Grind? Oder halt jhr den Kopff sonsten nur warm/damit die Müllnersteh kein Catharr bekomen? Oder aber: Ist der Herr Prachthansius ein Binder worden / und hat ewern Kopff vor ein Faß angesehen / und demselben die Faustraiff fein glatt angerieben? Ich mein / ich mein / es wird was dergleichen seyn.

Pracht: Schandsteck/ Zanck/ Unhold/ wo bist?

*Die Allamoda entlaufft.*

Burlach: Das ist deß Herrn Prachthansius Stimm. Es wird gewiß ein Pumpermetten setzen. Ich mein/es regier bey jhnen die Lieb/wie in Krabatenland/dann die Krabatische Weiber glauben nicht/daß sie der Mann liebt / biß er jhr die Haut nicht hat abgeprügelt. Der eingebundene Kopff bedeut gewiß / daß der Herr Prachthansius sein Fraw auff Krabatisch hat lieb gehabt.

*Allhier erscheinet der Pracht in eim armen Bawern Rock / mit dem Degen in der Hand.*

Pracht. Ha ha/Schelm/erdapp ich dich da?

Burlach: Der Herr verzeyh mirs/der Herr irret sich/ich heiß BURLACHIN.

Pracht. Das weiß ich/du Schelm. Sihest du diesen Bawernkotzen?

Burlach: Ja/ aber ich mein/ es sey ein schlechter Unterschied; ewers taugt nur vor den Winter/das meinig vor den Sommer: Dann mein Kleyd ist trefflich lüfftig/ sonderlich meine Hosen/die haben jmmer krachende Nachewind.

Pracht. Sihest du/wie ich daher gehe?

Burlach: Auff zwey Füssen/ wie ich.

Pracht. Ist das das schöne Kleyd/in welchem du mich gesehen hast?

Burlach: Gelt/Herr/jhr habts auch dem Wirth bey den Drey Haasen auffzuheben geben?

Pracht. Ein Galgen/daß er dich erhenck.

Burlach: Der taugt nicht vor mich/dann ich kan nichts enges umb den Hals leyden.

Pracht. Dein saubere ALLAMODA, die hat mich also an den Bettelstab gebracht / daß ich nichts mehr hab zu essen.

Burlach: Habt jhr nichts zu essen / so könt jhr doch genug zu trincken finden; ay Wasser genug in der Moldaw. Aber BURLACHIN, nicht viel Wort / sondern umb ein Hauß weiter:

Ben

**Pracht.** Bey dieser Condition wurd ich so corpulent, als ein Papierene Latern. Ich verbleib deß Herrn vnwürdiger Patron. Meine Dienst/vnd guten Morgen/leucht auffen.

Gemach Gesell/wir haben ein Abraitung mit einander.

**Burlach:** Wann ich euch ein paar Ohrfeygen schuldig bin/ich wil euch gleich bezahlen.

**Pracht.** Ich werde dir was anderst / als Ohrfeygen weisen. Weist du/wie ich mein Geldt bin an-worden?

**Burlach:** Picquet, Krimpa, Labet, Passadieci, vnd dergleichen/seynds diese gewest?

**Pracht.** Dein verfluchte ALLAMODA, diese ist die Vrsach: Vnd wer ist schuldig daran?

**Burlach:** Herr/ es ist niemand schuldig daran/ dann die ALLAMODA ist nicht auff Borg gemacht worden.

**Pracht.** Hast du mich nicht verführt mit dem Garten?

**Burlach:** Herr/ich hab euch nicht verführt/ ihr seye gar nicht bey mir in dem Wagen gewest/ wann ihr wäret mit mir in dem Wagen gewest/vnd wär er auff mich gefallen/was wär das vor ein Schelmstuck gewest?

**Pracht.** Du bist die Vrsach meines Vnglücks: Du hast mich betrogen. Ich verlang diese Hechs nicht mehr zu haben.

**Burlach:** Die Warheit zu sagen: Ich möchts wol auch nicht.

**Pracht.** Du must sie aber haben.

**Burlach:** Wann ich sie haben muß/so nimb ichs an; aber/ ich schenck euchs wiederumb.

**Pracht.** Nur nicht viel Wort.

**Burlach:** Wolan / mit Erlaubnuß: Ich hab noch was zu verrichten bey der KellerExpedition, bey den Drey Haasen. Servidor.

**Pracht.** Holla/bleib stehen/oder ich stoß dir den Degen durch den Leib/du Hund.

**Burlach:** Ay/meiner Blaußen! Gemach/es ist kein Hund da/viel ehender ein paar Esel.

**Pracht.** Weist du/was ich dir sagen wil?

**Burlach:** Sagt mirs morgen/ist eben so viel.

**Pracht.** Du must es hören. Hechs/Vnhold/wo bist?

**Burlach:** Das seynd Allamodische EhrenTitel. In Summa/was macht die Lieb nicht?

**Pracht.** Wo bist du / ich wil dich wohl lernen kommen. (Hier stehet er mit Gewalt die Allamoda zum Hauß heraus.) Du Kerl / nur nicht viel Wort.

**Burlach:** Es ist zum besten/morgen wollen wir wiederumb zusammen kommen.

**Pracht.** Stehe still.

**Burlach:** Es ist mein Gewonheit/daß ich gern darvon gehe.

**Pracht.** Rühre dich nicht.

**Burlach:** Ich wolte mich nicht rühren lassen/ wann gleich Butter auß mir solt werden/ dann ich förchtet mich/ein jeder wolte mein Quarck essen.

**Pracht.** Eines auß diesen beyden: Entweder wil ich dir den Degen durch den Leib stossen / oder du must die ALLAMODA nehmen. Was wilst du auß diesen beyden?

**Burlach:** Hab ich die Wahl?

**Pracht.** Ja.

**Burlach:** Weder eines noch das andere.

**Pracht.** Wilst du/oder wilst du nicht? Sihest den blossen Degen?

**Burlach:** Ay! Ach Herr/steckt ein / ehe euch der Parisel in die Scheid thut/ bitt/ laßt mich zuvor nur vmb ein Hochzeitkleyd gehen/ich komb gleich wiederumb.

**Pracht.** Ach Schelm/nimb die ALLAMODA, oder ich nimb dir das Leben.

**Burlach:** Ihr habt gut sagen: Wie ihr sie genommen habt/ so war sie so schön auffgeputzt/ daß sie das Frawzimmer hat ziert/wie ein Esel den Roßmarck. Jetzt aber sihet sie auß/ als wann in der Teuffel hett auff dem RabenNest vergessen.

Reso-

**Pracht.** Resolution.

**Burlach:** Der Herr verzeyh mirs/ ich kan nicht Lateinisch.

**Pracht.** Ich wil dichs recht lernen.

**Burlach:** Herr/ ich bin so gelernig/ als wie ein Khue zum Lautenschlagen.

**Pracht.** Num nur fein geschwind/ die Hand her/ vnd nimb die ALLAMODA zu der Ehe.

**Burlach:** Ach du garstige Krott/ soll ich dich dann haben?

**Pracht.** Die Hand her/ oder du bist deß Todts.

**Burlach:** Ach was Aengsten empfind ich in meinem Futtertuch! Ach! Ach BVRLACHIN! Was wird dein Adeliche Freundschafft darzu sagen? Wolt jhr die Hand haben? Da habt jhr darfür meine Füß.

**Pracht.** Die Hand her/ oder

**Burlach:** Zuruck mit dem Bratspieß. Ach weh / es gehet mir ein Ohnmacht zu! Geschwind ein Haußlabmug von dem Wirth beym Drey Haasen. Ja/ ja/ aber nur gemach: Ja/ ja/ ich nimbs.

**Pracht.** Wer ein betriegt / vnd gesucht zu betriegen/ der bekombt also seyn Lohn. Der Klugheit wil ich mich bewerben. ALLAMODA ist nur der Jungen leuth Verderben.

**Burlach:** Da stehet das hertzige Paerl beysammen. Fein geschwind ein Copey gemacht/ weilen man noch das Original kan sehen. Was vor zwey hertzige Thierl zusammen. Kan was schöners auff der Welt seyn? So muß ich dann die Braut heimb führen? Nun willkomm mein schönes/ holdseliges/ an tausendzierliches/ spottwohlfeyles/ hübschs/ garstiges/ ay pfuy häßliches Schatzerle. Du Zier der Hechsen: Du Sonnen der Rauchfangkehrer: Du Eylg der Fiedermäuß: Du Sonnenwendl der Khueftaden. Weil also die Götter wöllen haben / daß wir mit einander sollen leben/ so seys/ im Nahmen aller Teutschen Sackpfeiffer/ vnd Böhmischen Hudlarsch: Ich wil dich lieben/ als wann ich dich nicht kennet/ vnd wil dich tractiren/ als warm du mein Esel wärest; also soll die Prügelsuppen allezeit zu deinen Diensten seyn. Essen vnd Trincken solst haben vollauff/ wann du dir was kanst erbetteln. Ich nimb dich an vor ein Wildprat / wann sich die Wölff werden zu mir auff ein Frühstuck laden. Also treu wil ich bey dir verbleiben/ als die Flöhe bey den Fischern. Nun wohlan mein hertzige Creatur/ das Lob muß ich dir lassen/ es ist ja nichts häßlichers auff der Welt/ als dein Angesicht! Auff / mein Hechsen Venus/ vnd Gabelgöttin; ehe wir vnser Glück zusammen tragen/ so wollen wir vnsern Hunds-Ehrentag/ mit einem Täntzlein zieren: Ich weiß/ daß du deine kräschinckende/ Hafentäschmeckende Füßlein so schnellig kanst rühren/ als wie die Schildkroten/ wann sie sollen auff dem Sayl tantzen. Wohlan
  es wird etwas zierliches seyn/ hurtig/ mein
  Spottwohlfeyles Murmel-
  thier / rc.

Hier folget der Tantz.

## ENDE.

Otto Donner

**Das Personalpronomen in den altaischen Sprachen**

Otto Donner

**Das Personalpronomen in den altaischen Sprachen**

ISBN/EAN: 9783743485853

Hergestellt in Europa, USA, Kanada, Australien, Japan

Cover: Foto ©Paul-Georg Meister /pixelio.de

Manufactured and distributed by brebook publishing software (www.brebook.com)

Otto Donner

**Das Personalpronomen in den altaischen Sprachen**

# DAS PERSONALPRONOMEN

IN DEN

## ALTAISCHEN SPRACHEN

VON

**Dr. O. DONNER.**

## I.

DIE FINNISCHEN SPRACHEN.

BERLIN
FERD. DÜMMLER'S VERLAGSBUCHHANDLUNG
HARRWITZ UND GOSSMANN
1865.

# Inhalt.

|   | Seite |
|---|---|
| Veränderung des Altaischen wortstamms überhaupt | 1 |
| Veränderung des wurzelvocals, besonders im Ostjakischen | 2 |
| Im personalpronomen | 3 |
| Aufgabe der untersuchung | 4 |
| Pronominalbildung im Indoeuropäischen | 5 |
| 1. Das pronomen im Finnischen | 6 |
|    Lönnrot's und Castréns ansichten | 7 |
|    Charakterbuchstabe | 8 |
|    Das n unwesentlicher zusatz | 9 |
|    Ursprünglicher charakter | 12 |
|    Einfache formen | 12 |
|    Gesetz der umgestaltung | 16 |
|    Dritte person | 18 |
|    Rückblick | 21 |
| 2. Das pronomen im Estnischen und Livischen | 22 |
| 3. Im Lappischen | 24 |
| 4. Im Syrjänischen | 28 |
| 5. Im Wotjakischen | 35 |
| 6. Im Mordvinischen | 37 |
| 7. Im Tscheremissischen | 41 |
| 8. Im Ungarischen | 44 |
| 9. Im Ostjakischen | 47 |
| Uebersicht | 51 |

# Die transscription

der fremden wörter ist, mit geringen abweichungen, nach dem systeme von prof. Lepsius. Sonach lautet:

a wie im deutschen *mann*.
o engl. *all, hot*.
u die deutsche aussprache in *und*, franz. *nous*.
e deutsch. *verstand*.
i engl. *see*.
į das harte russische ы.
ä, ö, ü den deutschen lauten entsprechend, aber breiter.
č, ǰ palatallaute, engl. *ch* und *j*.
c wie im deutschen, = *ts*.
t' vereinigung von *t* und *l*.
ṭ linguales *t*.
k̇, ġ, ċ, l̇, m', ṅ, ṡ doppellaute, entstanden durch mouillirung des betreffenden consonanten, also *kj, gj, tsj* u. s. w.
š deutsch. *schon*, ž franz. *jeune*.
s hart wie im engl., z wie im franz.
v deutsch *wenn*, w engl. *we*.
y engl. *year*.
ṅ ng in engl. *singing*.
ḧ rauheres *h* wie das russische x.
' mit einem consonanten vereinigt = starke aspiration,
' spir. lenis, ā langes *a* u. s. f.

Es ist in der vergleichenden sprachwissenschaft beinahe zum glaubenssatz geworden, es bleibe der wortstamm in den Altaischen sprachen beim antritt der nominal- und verbal-endungen unverändert. Nur vom phonetischen einflusse abhängende veränderungen des auslauts gebe es, eine innere umwandlung des wortstammes sei aber als „dem turanischen geiste überhaupt völlig undenkbar" anzusehen. Wie solchen behauptungen gegenüber z. b. das Finnische wort *lapsi,* kind, im essiv, mit der kasusendung *na, lasna* oder *lassa* werden kann, mag dahingestellt sein. Es giebt aber in den Altaischen sprachen mehrere erscheinungen, die hinreichend sind, eine derartige ansicht umzustofsen, wenigstens was das ganze gebiet jeder einzelnen dieser sprachen betrifft.

Ueberblickt man das ganze gebiet im allgemeinen, so erkennt man, dass die veränderungen des wortstammes gewöhnlich nur beim auslaut vorkommen; z. b. Finnisch *tuli* feuer, gen. *tule-n*; *lahna* brachsen, infin. plur. *lahno-ya*; Ostjakisch *dda* imperat. schlafe, prät. *dde-m, ŏṅet* horn, plur. *ŏṅdet* statt *ŏṅedet.* Sie zeigen sich auch in der erweichung einiger consonanten im stamme; eine solche erweichung erleidet im Finnischen *k, t* und *p,* z. b. *rako* spalte, gen. *ra'on, pata* kessel *padan, hampaha* nominat. *hammas.* Einige dieser sprachen haben doch auch veränderungen des stammvocals aufzuweisen. Im Lappischen sind die diphthongen *oa, uo, uö, ie* in der stammsilbe veränderlich, und zwar werden sie $o_1$ $u, i,$ d. h. sie nehmen wieder ihren ursprünglichen vocal auf, der vom einflusse des starken accents an mehreren stellen erweitert war. In demselben falle wird *eä* zu *e*, *äu* und *äi* zu *eu* und *ei*. Z. b. *suolo* insel, gen. *sullu*; *goatte godid*; *gietta gitti*. Diese zur verstärkung des wortstammes dienende erweiterung geschieht im Lappischen auch durch einen consonanten. Aus der gemeinsamen wurzel *san* bildet das Finnische *san-a* wort, *san-on* ich sage, das Lappische *sadn-e* wort. Eine veränderung des diphthongischen vocals leiden auch im Finnischen einsilbige wörter vor den pluralen *i*; z. b. *suo*, plur. nom. *suot*, ablativ aber *soille*; *tie, tiet, teille*. Hier ist auch die im Syrjänischen vorkommende verlängerung des stammvocals, welche bei der declination stattfindet, zu erwähnen. Ein mit *l* auslautendes wort wirft dies im nominativ und vor endungen, welche mit einem consonanten anfangen, weg und verlängert den vorhergehenden vocal. Z. b. stamm *nül*, nominat. *nû* mädchen, instrum. *nülän*, st. *sol*, nom. *só*, iness. *solün*. Auch eine zusammenziehung findet im stamme statt.

Noch deutlicher zeigt sich die umwandlung des wortstammes im Ostjakischen. Castrén sagt hierüber: „Die vocale des wortstamms sind in allen finnisch-tatarischen sprachen keinen besondern veränderungen unterworfen, was man auch als einen charakteristischen zug der ganzen sprachclasse angeführt hat. Eine merkwürdige ausnahme bilden in dieser hinsicht die beiden Surgut-dialekte (des Ostjakischen), in denen die stammvocale ebenso leicht verändert werden können, wie in den Germanischen sprachen. Diese erscheinung ist um so mehr zu beachten, als hier nicht so sehr die kurzen vocale, die in andern verwandten sprachen bisweilen schwankend sind, sondern hauptsächlich die langen stammvocale verändert werden."[1]

Diese veränderung findet gewöhnlich statt:

a) beim nomen in verbindung mit den personalsuffixen.

b) beim verbum im präteritum des indicativs und in dem particip. bisweilen auch im imperativ.

---

[1] M. A. Castrén, Versuch einer Ostjakischen Sprachlehre s. 8.

Es werden sonach verändert:
1. *o* und das tiefe *a* in *u*, z. b. *pôm* gras, *púmen* mein gras; *ámett'en* setzen, präter. *úmdem*.
2. *a* und *e* in *i*: *át* nacht, *ítem* meine nacht; *lék* spur, *likam* meine spur; *yándem* prät. spinnen, imper. *yínde*.
3. *ŏ* in *ü*: *kŏr* ofen, *kürem* mein ofen.

Dieser vocalwechsel kommt auch im Irtysch-dialekte in abgeleiteten formen vor.

Aus dem angeführten erhellt schon ein streben, die verschiedenen beziehungen der wörter durch innere umwandlung des wortstammes zu bezeichnen. Es ist aber dieses princip bei der declination und conjugation im Ostjakischen nicht völlig durchgeführt, in den andern sprachen desselben stammes finden sich nur leise spuren davon. Dies verhältniss würde daher eine räthselhafte ähnlichkeit mit den veränderungen des stammes in den Indoeuropäischen sprachen darbieten, sogar von diesen entlehnt scheinen können, wäre es nicht möglich auf einem anderen gebiete des ganzen sprachstamms dieselben erscheinungen nachzuweisen. Und dies gebiet ist auch wirklich vorhanden: es ist **das personalpronomen**. Schon 1836 hat W. Schott auf diesen merkwürdigen umstand in einigen Hochasiatischen sprachen hingewiesen. Er sagt nämlich: „Die Mandschusprache hat zur bezeichnung des plurals im personalpronomen andere wörter, als diejenigen, die den singular charakterisiren, nämlich *be* wir (*bi* ich); *sue* ihr (*si* du); *je* sie (*i* er). Die beiden ersten pluralformen zeigen nur alteration des vocals zum ausdruck des begriffes der mehrheit. Ebenso steht im Mongolischen dem *či* (*tsi*) du, ein *te* für ihr gegenüber; eben so ist im Magyarischen *én* ich, und *mi* wir — *te* du und *ti* ihr."[1] Vom stillen ocean bis zum Botnischen meerbusen, — eine ausdehnung von etwa 1000 meilen, — bei völkern, von denen man historisch nicht nachweisen kann, dafs sie mit einander in berührung gekommen wären, findet dennoch, be-

[1] W. Schott, Versuch über die Tatarischen sprachen. Berlin 1836 s. 59.

sonders im pronomen, eine erstaunliche materielle übereinstimmung statt und lässt sich zugleich diese vocalveränderung des wortstammes aufzeigen. Dass aber dies verhältniſs als allgemeines gesetz gilt, ist meines wissens bisher von keinem forscher hervorgehoben worden, und dennoch ist es ein zug, der den keim einer ganzen neuen entwickelung in sich trägt. Warum die vocalveränderung hier? sie kann doch nicht werk des zufalls sein. Warum sagt der Samojede *man* ich, aber *mê* oder *mî* wir, der Tunguse *bi* (stamm *mi*) ich, plur. *bu* (st. *mu*)? und wiederum, wie verändert der Syrjäne *me* ich im plural zu *mi*?

Diese allen Altaischen sprachen eigenthümliche veränderung des pronominalstammes scheint die forscher herauszufordern, dem gegenstande eine nähere untersuchung zu widmen. Die folgenden blätter haben sich diese aufgabe gestellt. Es sind die ursprünglichen formen des personalpronomens aufzufinden, und die gesetze, nach welchen der ursprüngliche stammvocal sich verändert hat, nachzuweisen. Doch begegnet man hier mehr schwierigkeiten als in den Indoeuropäischen sprachen. Es sind bis jetzt überhaupt noch gar keine untersuchungen über das gewichtverhältniss der vocale angestellt, und dies kommt hier besonders in betracht. Wären die veränderungen, welche der auslautsvocal in verbindung mit den biegungsendungen erleidet, gegen einander abgewogen, das gleichgewicht zwischen den verschiedenen vocalen des wortes schon gefunden, so würde dies ein neues licht auch auf das pronomen werfen. Auf der anderen seite geschehen die veränderungen des wurzelvocals auf einem gedrängteren gebiete, und sind sonach übersichtlicher.

Fassen wir das verhältniss in den beinahe eben so weit verbreiteten Indoeuropäischen sprachen ins auge, so begegnet uns hier eine ähnliche entwickelung, wie die Altaischen sprachen sie zu nehmen scheinen. Die umwandlung des wurzelvocals im nomen ist keine ursprüngliche, sondern zeigt sich, mit wenigen ausnahmen, erst bei späterer entwickelung. So sagte der Hindu *mâtar*, nom. *mâtâ*, plur. nom.

*mátaras*, der Grieche nom. μήτηρ, plur. nom. μητέρες, der Lateiner nom. *máter*, plur. nom. *mátres*; d. i. mit unveränderter beibehaltung des wurzelvocals. Im Gothischen ist dies auch noch der fall. Es heifst *fadar*, plur. accus. *fadruns*, gen. *fadré*. Die Deutsche sprache hat aus diesem stamme *vater*, *väter*, die Schwedische *fader*, *fäder* gebildet. Ebenso Sanskr. nom. *súnus*, plur. accus. *súnvas*, instr. *súnubhis*; Lithauisch *sunus*, plur. instr. *sunumis*; dagegen sagt der Deutsche *sohn*, *söhne*, der Schwede *son*, *söner*. Im Englischen wird *brother* sogar *brethren*. Diese einfachen beispiele zeigen uns das verhältnifs im allgemeinen. Es bleiben sonach in den ältesten zweigen des Indoeuropäischen sprachstamms die wurzelvocale unverändert, erst die neueste zeit hat die feste gestalt des nominalstamms so zu sagen gebrochen. Dagegen ist das pronomen schon im Sanskrit den mannigfachsten verwandlungen unterworfen, und zwar nicht blofs in bezug auf den wurzelvocal, sondern auf den ganzen materiellen gehalt des wortstammes. Man könnte überhaupt nicht verstehen, wie das Sanskr. *aham* ich, im ablat. *mat*, plur. nom. *vayam*, accus. *asmán* oder *nas* würde, oder wie das Griech. ἐγώ formen wie νώ, ἄμμες, ἡμεῖς aufzuweisen hätte, wenn man nicht schon hier das durchbrechen desselben umwandlungs-principes annähme. Diese veränderungen finden in dem ganzen sprachstamme statt, z. b. Altbulgarisch nom. *azu*, genit. *mene*, dual. nom. *vea*, accus. *na*, plur. *mü*, instrum. *nami*; Litauisch nom. *až*, dat. *man*, dual. *vedu*, *mudu*, *yudu*; Gotisch nom. *ik*, dat. *mis*, dual nom. *vit*, plur. dat. *unsis*. [1] Es ist, als ob der stete gebrauch dieser einfachen sprachelemente schon frühzeitig eine abnutzung derselben hervorgerufen hätte. Man sieht gleich, dafs das beinahe willkürliche schalten mit der wurzel hier am weitesten gebracht ist. Und eben dieser umstand bestätigt die annahme, dafs die umwandlung des wortstamms mit und in dem pronomen ihren anfang gemacht

---

[1] vergl. Bopp, Vergleich. grammatik des Sanskrit, Şend, Armenischen u. a. B. II, 120, und A. Schleicher, Compendium d. vergl. gramm. der Indogerm. spr. II. s. 490. 678.

hat. Eben dies scheint der fall bei den Altaischen sprachen zu sein. Während im indo-europäischen sprachstamme dasselbe princip in der conjugation der verben vollkommen durchgeführt ist, z. b. von wurzel *bud'* präs. *bódámi*, augm. prät. I *abódáma*, redupl. prät. *bubóda*, zeigen sich wie gesagt, nur im Ostjakischen schwache spuren davon. Im pronomen aber kommen in allen diesen sprachen ganz ähnliche umwandlungen vor. Ich nehme daher keinen anstand die ansicht zu hegen, daſs die verwandlung der pronominalwurzel in den Altaischen sprachen den anfang bilde zu einer ähnlichen entwickelung, wie sie in den Sanskritischen sprachen schon vorliegt und als der eigentliche durchbruch desselben principes zu betrachten sei.

Wie äuſserst wichtig das pronomen für den ganzen Altaischen sprachstamm ist, geht aus dem angeführten leicht hervor. Aber auch für die vergleichende sprachwissenschaft überhaupt ist diese thatsache der vocalwandlung von bedeutung. Sie liefert nämlich einen ganz neuen beitrag zur erforschung der allgemeinen sprachentwickelung, und zeigt, wie dieselben physiologischen und geistigen gesetze sich überall bewähren, die historisch gegebenen verhältnisse diese aber in immer neuen verschlingungen zusammenwirken lassen.

Nach diesen allgemeinen bemerkungen gehe ich zu dem gegenstande selbst über. Der besseren übersicht wegen betrachte ich das pronomen in jeder sprache besonders, und da die Finnische sich am meisten entwickelte, ihre formen auch als die durchsichtigsten allgemein anerkannt sind, mache ich mit dieser sprache den anfang.

### 1. Das personalpronomen im Finnischen.

Die schriftsprache führt als die allgemeinen formen des pronomens auf:

|       | 1.    | 2.   | 3.  |
|-------|-------|------|-----|
| sing. | *minä* | *sinä* | *hän* |
| plur. | *me*  | *te* | *he* |

Auſser diesen formen giebt es, sowohl in der gewöhnlichen umgangssprache als in älteren und neueren schriften, besonders poetischen, noch andere formen, die aufs mannigfachste wechseln. Ich habe sie hier zusammengestellt:

|  | 1. | 2. | 3. |
|---|---|---|---|
| sing. | *minäi, mie* | *sinäi, sie, si,* | *se, hä* |
|  | *mi, mä, ma* | *sä, sa* |  |
| plur. | *müö, met* | *tüö, tet* | *hüö, ne,* |
|  |  |  | *het, net.* |

Wir ersehen aus dieser zusammenstellung, dafs es im allgemeinen kürzere und längere formen giebt. Welche sind nun die ursprünglichen? Schon 1836 hat Lönnrot in der von ihm herausgegebenen finnischen zeitschrift Mehiläinen ausgesprochen, die ursprünglichen formen der pronomina seien seiner ansicht nach im singular *me, te, he,* im plural *mete, tete, hete* gewesen. Ich bin jetzt nicht im stande seine gründe anzuführen, weil ich die genannte zeitschrift hier nicht haben kann, erinnere mich aber dafs er *n* in *minä, sinä, hän* als späteren zusatz ansieht. Gegen diese annahme Lönnrot's, tritt, da er den ursprung dieses lautes nicht bewiesen hat, Castrén in seiner vortrefflichen abhandlung „Ueber die personalaffixe in den Altaischen sprachen" auf.[1] Er sagt: „für diese vermuthung geben die verwandten sprachen keinen anhaltspunct, denn in ihnen haben die pronomina der ersten und zweiten person fast immer *n* im auslaut." Vom sprachvergleichenden standpunct sieht er daher *min* und *tin* (= *sin*) als ursprüngliche formen der selbständigen pronomina der ersten und zweiten person an. Das *ä* ist hinzugetreten wegen der grofsen abneigung des Finnischen gegen consonanten im auslaut. Nun kann zwar diese thatsache nicht geleugnet werden, ja das vorkommen des *n* als auslaut in einigen prädikativ- und possessiv-affixen des Türkischen, Tatarischen, Yakutischen, Samojedischen und im dualis des Lappischen, scheint in einer auffallenden weise zu bestätigen, dass dem pronomen, woraus sie entstanden, auch dies element zukommt. Dennoch mufs ich gerade das ge-

---

[1] M. A. Castrén, Nordische Reisen und Forschungen, V. s. 208.

gentheil behaupten. In den genannten sprachen sind nämlich mehrere affixe mit dem verbal- oder nominalstamm noch so lose verbunden, dafs sie den ganzen jetzigen pronominalstamm dieser numeri aufweisen. Sie beweisen daher nicht mehr als das früher gesagte: die pronomina fast aller Altaischen sprachen haben in ihrer jetzigen gestalt dieses *n* im auslaut. — Fassen wir aber das verhältnifs von einem anderen gesichtspunct auf: was bedeutet denn dies *n*, ist es auch wesentlich für den pronominalstamm? In der zusammenfassung der resultate seiner umfassenden darstellung sagt Castrén selbst: „Betrachten wir das affix der ersten person, so bildet *m* in den meisten Altaischen sprachen einen allgemeinen und ursprünglichen charakter aller numeri." „Der allgemeine und ursprüngliche charakter der affixe und pronomina der zweiten person ist in den Altaischen sprachen *t*. Im Finnischen, Tungusischen und in den Türkischen sprachen geht *t* in *s* (*s*) über." Und weiterhin: „Das pronomen und die affixe der dritten person haben in den Indogermanischen sprachen ursprünglich *t* zum character gehabt. Auch in den Altaischen sprachen kommt dieser charakter sehr oft bei den affixen, bisweilen auch beim pronomen vor. Häufiger als *t* findet man *s*, welches einige Finnische sprachen nicht nur in den affixen, sondern auch im pronomen annehmen."[1] Was geht aus diesem resultate hervor? Dafs das wesentlichste merkmal der drei pronomina entschieden der anlautsconsonant ist. Schon a priori können wir dieselbe schlufsfolge ziehen, denn das in allen drei personen sich ähnlich bewährende *n* kann nicht dazu dienen, die unähnlichkeit der begriffe zu bezeichnen. Als unwesentlich fällt es daher auch in den affixen der mehr entwickelten sprachen weg, und nicht blofs in den affixen, sondern auch im pronomen, besonders wenn dasselbe eine stellung einnimmt, die den starken satzaccent nicht auf sich zieht. Daher heifst es in Kanteletar[2]: Olisin *ma* pieni lintu, wäre

---

[1] Castrén, Nord. Reisen u. Forsch., V. s. 215 folg.
[2] Kanteletar, taikka Suomen kansan vanhoja lauluja ja virsiä. 1864. s. 119.

ich ein kleines vöglein; Kun *ma* vierin veikon luota, als ich fuhr von meinem bruder; tůvin *mie* tätä tütärtä, dieses töchterlein ich wiege (seite 170); dagegen mit verstärktem ausdruck: Kostohon *minäi* koito, ich elende sollt' mich rächen; Noin *minäki* lassa lauloin, so sang ich auch in der kindheit [1], wo noch *ki* etiam des stärkeren ausdrucks wegen angehängt wurde. Dies bewährt sich auch in hinsicht der übrigen pronomina, und die kürzeren oder längeren formen der übrigen casus scheinen dasselbe gesetz zu befolgen. Hier mag noch bemerkt sein, dafs *minä, sinä* überhaupt die gewöhnlichsten formen sind.

Wo nun dieses als unwesentlicher zusatz für die bezeichnung des pronominalbegriffs erwiesene *n* herrührt, können wir aus Castrén's darstellung leicht errathen. Er nimmt nämlich an, dafs die ursprünglichen formen *min, tin* oder *sin* ihr *n* elidirt haben und in *mi, ma (mä), si, sa (sä)* übergegangen seien. Die verlängerung von *i* zu *ie* in *mie, sie* wäre geschehen, weil einsilbige wörter keinen kurzen vocal im auslaut dulden." [2] Es scheint dies nämlich ein gesetz im ganzen Altaischen sprachstamme überhaupt zu sein. Im Finnischen, Tungusischen, Burjätischen, Ostjakischen finden sich, mit ausnahme äufserst weniger wörter [3], nur einige enklitische und gerade pronominalformen, die auf kurzen vocal auslauten, obgleich sie einsilbig sind. Theils aber kommen sie nur selten vor, und es scheint oft als wären sie schriftlich nicht genau wiedergegeben worden, theils haben sie neben sich gedehntere formen, entweder mit langem vocal oder consonantenauslaut. Und obgleich im Syrjänischen, Wotjakischen, Tscheremissischen und noch anderen eine kleine anzahl einsilbiger wörter vorkommen, die

---

[1] Kanteletar s. 172.
[2] Castrén, Nordische Reisen und Forschungen, V. s. 209.
[3] Ostjakisch *ku* oder *kui* mensch, *ne, ni*, aber im Irtischdialekt *neṅ*, mädchen = Syrjän. *nü̂*, Yur.-Sam. *ńe'*, Tawg. Sam. *ńć*, Ungar. *nö*. Das Tungusische hat 2 wörter: *ii* galle, Finn. *sappi*, und *ko* flinte, welches letztere auch *kuo* lautet. Das Burjätische hat nur pronomina und enklitische partikeln, wie das Finnische.

mit kurzem vocal auslauten,[1] haben im allgemeinen alle genannten sprachen eine abneigung gegen solche formen wie *ki, ma, gu.* Die einsilbigen wörter schliefsen daher gewöhnlich mit einem consonant oder langem vocal; die ausnahmen haben öfters in verwandten sprachen irgend einen consonantenauslaut. Das Ostjakische *ku* oder *kui* mensch, lautet im Burjätischen *kuń*. Uebrigens gewinnt die aunahme eines nur hinzugetretenen *n* gröfsere stärke dadurch, dafs die betreffenden sprachen niemals einen zum stamme gehörenden consonanten in der deklination weglassen können, wenn er im nominativ vorkommt, dieser casus ist aber häufiger veränderungen unterworfen. Und die pronomina haben doch eine vollständige declination ohne *n* im stamme.

Wenn es nach alldem angeführten wenigstens wahrscheinlich ist, dafs das auslautende *n* in den personalpronomina ein späterer zusatz ist, so haben wir jetzt nachzuweisen, wo denn dieser laut herstammt. Um es sogleich auszusprechen, ich halte es für eine aus phonetischem grunde entstandene blofse endung, der vielleicht auch die logische bedeutung, dem wortstamme einen mehr substantivischen charakter zu geben, zukommt. Unter den von dem zu früh hingeschiedenen gefährten Castréns in west-Asien, Bergstadi, angeführten, mehr als zweihundert nominalbildungs-affixen der Finnischen sprache kommt auch *na, n, in, an* u. s. w. häufig vor.[2] Dies *na* oder *n* kann zu verschiedenen zwecken angewandt werden:

1. Um schlechthin einen nominalstamm zu bilden, besonders von onomatopoëtischen wurzeln. Z. b. *koh-i-na* brausen, wo *i* bindevocal ist, von der wurzel *koh*; das entsprechende verbum heifst, mit modificationen der bedeutung, *koh-an, koh-isen, koh-ailen.*

2. Als zusatz oder ausbildung des wortstammes, abwechselnd mit anderen bildungszusätzen, bisweilen ohne be-

---

[1] Syrjänisch: *bi* feuer, *di* insel, *gu* grab, *yi* eis, *ma,* honig, *mu* erde. Votjakisch: *gu* grube, *yu* getreide, *ki* hand, *ku* haut. Tscheremiss. *ko* welle, *lo* mitte, *zä* bruder, Fin. *setä* vaterbruder, *ti* laus, Fin. *täi*; und noch einige.

[2] J. R. Bergstadi, Materialier till Finska språkets ordbildningslära, s. 169 folg. in zeitschrift Suomi.

sondere bedeutung, öfters mit denselben feinen schattirungen wie im verbum. Z. b. von *ily-a* schleim, schlüpfrigkeit, die variirenden formen *ily a-ma, ily-ain, ily-a-n, ily-a-na, ily-a-nne, ily-a-nnes, ily-a-nko, ily-a-kka, ily-e-n,* welche nur die allerfeinsten unterschiede in sich tragen, einige gar keine. So *terho = terhe = terhen,* nebel; *aivo, aivu, aive-na* schläfe.

3. Als inlaut in einigen wörtern, mit oder ohne veränderung der bedeutung. Z. b. *esi* das voran sciende, *ensi* der erste, *hopso, hompo, homppa* ein einfältiger, blödsinniger (*n* geht vor *p* in *m* über), *hoto, honto* hohl.

Wir können hieraus schliefsen, dafs *n, na* in den Altaischen sprachen dieselbe aufgabe hat, wie in den Indoeuropäischen, einerseits als nominalaffix zu dienen, anderseits nur aus phonetischem einflusse den wortstamm zu verstärken, wie z. b. im Sanskrit *kavi* dichter, genit. plur. *kavínám,* von der wurzel *bhid,* präs. *bhinadmi* ich spalte. Im letzteren falle, als einschiebung, wird es jedoch im Finnischen nicht in gleicher ausdehnung gebraucht.

Betrachten wir aber die declination der pronomina, so wird diese ansicht noch in höchstem grade bestätigt. Sie werden nämlich alle drei nicht nur regelmäfsig aus den entwickelten stämmen *mi-nu, si-nu, hä-ne* declinirt, sie haben auch in allen gewöhnlichen casus kürzere formen: infin. *mua, sua* statt *minua,* adess. *mulla, sulla, hällä* statt *minulla* u. s. w. Die Savo und Karelischen dialekte, welche im allgemeinen vokalreichthum lieben, sagen *miulla, siulla.* Noch mehr aber beweist der umstand, dafs alle übrigen pronomina ihre nominative durch einen zusatz ausgebildet haben, der als unwesentlich in den anderen casus wegfällt. Dieser zusatz kann in seinem ursprunge noch nachgewiesen werden, und besteht entweder aus ähnlichen elementen wie die genannten, oder aus einem neu hinzugetretenen pronominalstamm. Z. b. *tä-mä* (*mä* = ein nominalbildungsaffix), *ke-n, mi-kä* u. m. Nur *tuo* jener, macht eine ausnahme, dort ist aber der stamm, wie im Karelischen *müö, tüö, hüö,* gedehnt und ein weiterer zusatz überflüssig.

Allerdings mufs diese ausbildung des einfachen pronominalstammes seinen anfang in einer periode genommen haben, als die einzelnen zweige der ganzen sprachsippe noch nicht von einander geschieden waren. Das im pronomen der meisten dieser sprachen auslautende *n* läfst uns dies schliefsen. Um die eigenschaft eines nur hinzugetretenen bildungsaffixes zu behaupten, müfste eigentlich das *n* in mehreren sprachen in gleicher verwendung nachgewiesen werden. Die untersuchung soll eine derartige aufgabe auch ins auge fassen. Die darlegung des verhältnisses der Finnischen sprache ist jedoch, meines erachtens, genügend gewesen, um die hier vorgebrachte ansicht aufrecht zu halten, auch wenn ein derartiges gesetz in den verwandten sprachen sich nicht mehr ermitteln liefse. Jene wirft nämlich in mehreren fällen ein erklärendes licht auf diese, und viele verhältnisse, welche hier einzeln und unregelmäfsig dastehen, lassen sich auf allgemeine gesetze in jener zurückführen. Wir nehmen daher als resultat des vorhergehenden an: **die erste person des pronomens hat als wesentlichen und ursprünglichen charakter *m*, die zweite *t* oder *s*, und die dritte wieder *t* oder *s*, in jedem falle mit irgend einem vocal vereinigt.** Es sind dies also dieselben buchstaben, welche Castrén als ursprüngliche kennzeichen der prädicativ- und possessiv-suffixe gefunden, und deren veränderungen wir hier nicht mehr nöthig haben zu zeigen, nur mit einem vocal als träger verbunden. Die formen *minäi*, *sinäi* sind mit einem ganz bedeutungslosen, nur des stärkeren nachdrucks wegen hinzugefügten *i* ausgebildet, wie bisweilen *tänäi* für *tänä* erscheint, wo *päivänä* ausgelassen ist, mit der bedeutung: an diesem tage.

Untersuchen wir jetzt diese gewonnenen einfachen formen des pronomens, so haben wir zunächst:

1. pers. *mi, mu, ma, mä, me.*
2. „ *si, su, sa, sä, te.*
3. „ *hä, he, se, ne.*

*Mu* und *su* sind stämme für die gedrängtere declination

des singulars. Castrén hat, wie schon erwähnt ist, den wechsel des *t* mit *s* in den verwandten sprachen nachgewiesen, namentlich findet dies im Finnischen statt, wo *t* vor *i* öfters *s* wird. Da er das *t* als den für die zweite person ursprünglicheren consonanten bewiesen, nehmen wir diese thatsache hier als anerkannt auf. Da aber die dritte person nicht eine ähnliche bildung wie die anderen zeigt, und ich von dieser eine von Castrén abweichende ansicht habe, welche besonders erörtert werden mufs, so gilt die folgende beweisführung zunächst nur jenen.

Wenn in einem wortstamme zwischen verschiedenen vocalen die wahl offen steht, um den ursprünglichen, aus welchem die übrigen formen des wortes sich entwickelt haben, zu bestimmen; so kann wohl kein zweifel obwalten, dafs dies eine form mit *a*-vocal ist, wenn es überhaupt eine solche giebt. *A* ist nämlich, physiologisch betrachtet, gleichsam der ausgangspunct für die übrigen vocalischen und consonantischen artikulationen, der normalvocal, welcher „alle bedingungen der sprachlichen weiterbildung auf das vollständigste, zweckmäfsigste erfüllt." Dr. C. L. Merkel [1], von dem diese worte herrühren, weist auf das vorkommen dieses vocals in den ersten kindlichen äufserungen, wie *Abba, Papa, Mama.* „Der ausruf *Ah* kommt aus einem unbewegten, in ruhigem anstaunen versunkenen, sich, so wie es ist, hingebenden gemüthe"; und, „da das *A* der inbegriff der vollen vokalisation oder tongebung ist, da in ihm die im kehlkopf zum urtönen gebrachte luft am vollständigsten und reinsten, das heifst, mit den wenigsten mitteln, zu einem specifischen sprachlaut umgebildet erscheint, so besitzt es eigentlich, als naturlaut betrachtet, keine eigentlich so zu nennende psychische färbung, indem es, ebenso wie das weifslicht, alle farben in sich vereinigt." Es ist somit dem kindlichen zustande der völker und sprachen besonders entsprechend; es deutet symbolisch die substantielle auffassung der dinge, als eine anstaunende, ru-

---

[1] Anatomie und Physiologie des menschlichen Stimm- und Sprach-Organs. Leipzig 1863. s. 782. 785.

hige, überhaupt kindliche, vortrefflich an. Die entwickelung der vocalisation der Indoeuropäischen sprachen macht dies verhältnifs sehr anschaulich. Während die Sanskritasprache feierlich ihr *dadâmi* ausspricht, hat ihre Griechische schwester einen lebhafteren Ausdruck in δίδωμι gewonnen. Die vergleichende sprachforschung bestätigt somit die wahrheit der physiologischen betrachtung. Wenn Merkel vom *i* sagt, es stelle „den auf die spitze getriebenen vocalismus" dar, drücke daher heftige und rasch fortschreitende empfindungen aus; *u* aber, als der dumpfste und klangloseste unter allen vocalen, sei ein ausdruck für das tiefe, auch diffuse, stumpfe, energielose ¹; so ist dies eine von der sprachwissenschaft längst anerkannte thatsache. Für beide sind sie aber zugleich entwickelungen aus *a*. Sollte sich nicht dies naturgesetz auch in den Altaischen sprachen bewähren? Im Finnischen macht noch die zahl der wortstämme, welche *a* als ersten oder hauptvocal haben, ungefähr den dritten theil des ganzen wortvorrathes aus. Eine berechnung der seitenzahl, welche die mit verschiedenen wurzelvocalen anlautenden wortstämme im wörterbuch einnehmen, giebt für das Finnische etwa folgendes ergebnifs. Wurzel mit vocal:

$a\ 23\tfrac{0}{0},\ u\ 17\tfrac{1}{2}\tfrac{0}{0},\ i\ 17\tfrac{1}{2}\tfrac{0}{0},\ o\ 12\tfrac{0}{0},\ e\ 11\tfrac{0}{0},\ ä\ 10\tfrac{0}{0},$
$ü\ 7\tfrac{0}{0}\ \text{und}\ ö\ 2\tfrac{0}{0}.$

Es sind freilich diese ziffern ohne genauere untersuchung nicht vollkommen bestimmt. Dafs aber *a* und das damit der vocalharmonie wegen verwandte *ä* den gröfsten theil in anspruch nimmt, und dann in der reihe *i* und *u* folgen, ist ganz in übereinstimmung mit etymologisch-historischen und physiologischen untersuchungen. Für diese gelten nämlich *a*, *i*, *u* als die urvocale, aus denen sich die übrigen entwickelt haben. Auch dieser umstand deutet auf die gröfsere ursprünglichkeit des *a*-vocals; er kommt (zusammen mit *ä*) gleich oft vor wie *i* und *u* zusammengenommen, ein verhältnifs das sich in der Indoeuropäischen ursprache wiederfindet.

---

[1] Anatomie und Physiologie des Sprachorgans, s. 799. 803.

Sehen wir aber zu, wie sich die oben aufgeführten formen zu einander verhalten. Castrén nennt als selbständige, dialektisch vorkommende formen *mi, si*. Ich kann mich nicht erinnern, diese gehört zu haben, und Eurén in seiner sehr vollständigen grammatik führt sie auch nicht an. Dagegen kommen *ma, mä, mie* sowohl dialectisch als besonders in den lyrischen volksliedern am häufigsten vor. *Mä, sä* müssen als vocalharmonische nebenformen betrachtet werden; man findet sie in Kanteletar besonders nach weichen vocalen. Z. b. Keltä *mä* küsün tütärtä[1], wen soll ich nach der tochter fragen; et *sä* laula[2], du singst nicht; dagegen: olisin *ma*[3], wäre ich; voit *sa* olla[4], du kannst sein. *Mie, sie* scheinen mir ausbildungen oder dehnungen zu sein, von der art wie etwa im Syrjänischen *kü*, das eine vocaldehnung erlitten hat, nach wegfall des zum stamme gehörenden *l*, = Finn. *kieli* zunge, sprache. Mit den pluralformen *müö, tüö* verglichen, erweisen sie sich als aus der abneigung der sprache gegen einsilbige stämme mit auslautendem kurzen vocal entstanden, was auch Castrén behauptet. Was das auslautende *e* betrifft, so kommt es wirklich im singular in den Syrjänischen *me, te* und dem Ungarischen *te* vor. Vielleicht hat auch Lönnrot hieraus seine vermuthung von der ursprünglichkeit dieses lautes genommen. Diese formen aber und die Finnischen plurale *me, te* sind die einzigen mit *e* auslautenden im ganzen sprachstamme, und ähnlichkeiten bieten nur noch die Mordvinischen demonstrativa *te, se* dar. Wichtiger aber ist, dafs die Syrjänische sprache gar kein einsilbiges wort besitzt, das mit *e* endet, aufser den zwei genannten. Es ist dies überhaupt als eine regel in den Altaischen sprachen zu betrachten, die sich namentlich in den Syrjänischen, Votjakischen, Tscheremissischen, Tungusischen, Burjätischen, Finnischen und Estnischen sprachen bewährt. In den beiden letztgenannten findet sich nur noch das pronomen *se*, im Tscheremissischen das reflexivum *śke*. In der oben gegebenen

---

[1] Kanteletar s. 189.   [2] l. c. 134.   [3] l. c. 119.   [4] l. c. 109.

übersicht des verhältnifses der vokale in den wurzeln nimmt e erst den fünften platz ein, und im allgemeinen dürfte die berechnung dem wahren verhältnisse entsprechen. Es bleiben sonach die formen mit *a* übrig, welche sich, sowohl vom physiologischen wie vom sprachlichen standpunkte betrachtet, als die zu grunde liegenden darstellen. Welches ist aber das gesetz, das so mächtig gewesen ist, den vocalischen charakter des pronomens umzugestalten und ein gänzlich neues princip in den organismus der Altaischen sprachen einzuführen? Um diese frage zu beantworten, müssen wir die bedeutung der vokalwandlung im Indoeuropäischen sprachstamme näher betrachten. Was ist sie denn? Beim verbum ist sie allmählich ein anzeiger des unterschiedes der dauernden und vollendeten handlung geworden, beim nomen aber ist der umlaut ein „procefs, der etwa ein jahrtausend alt ist und doch in der heutigen sprache sein leben schon verloren hat, erstarrt ist, aber im sprachgefühl seine bedeutung erhöht hat. Nachdem unsere flexionsendungen sämmtlich so abgestumpft sind, hat sich unser gefühl für die bedeutung der formen in den umlaut gelegt, der doch ursprünglich nur ein nebensächlicher phonetischer procefs war. Denken wir an Vater und Väter, hatte und hätte, so scheint uns heute der umlaut ein mittel, den plural und den conjunctiv zu bilden, was ehemals bestimmtere suffixe thaten."[1] Hiermit mufs das verhältnifs der wurzel vor affixen verglichen werden, ihre einwirkung überhaupt auf die gestalt derselben. Steinthal findet dies in einem „streben gerade nicht auf ein übergewicht der wurzel gerichtet, auch nicht auf ein gleichgewicht derselben mit der endung, sondern darauf, dafs das ganze wort, wurzel und affix zusammengenommen, nicht eine allzugrofse schwere erlange; daher wird, wenn durch ein gewichtiges affix das wort zu massenhaft werden könnte, der wurzel genommen, was das affix an ge-

---

[1] H. Steinthal, Charakteristik der hauptsächlichsten typen des sprachbaues. Berlin 1860. s. 802.

wicht zu viel hat[1])." Ein ähnlicher procefs bricht in der pronominal-declination der hier aufgeführten sprachen hervor, indem die wurzel, zunächst aus phonetisch-mechanischen gründen, eine schwächung des ursprünglichen *a*-lauts zu *e* und *i* erleidet, diese schwächung aber allmählich die veränderung der bedeutung in sich aufnimmt. Es geschieht dies auch hier nach abstumpfung der flexionsendungen.

In den Sanskritischen sprachen geht nun das *a* der wurzel häufig vor flexionsendungen in *i* und *u* über, im Sanskrit selbst sogar in *î* und *û*[2]. In der declination des Finnischen pronomens kann man diese schwächung auf die allgemeine regel zurückführen, dafs ein leichtes affix die veränderung von *a* zu *e*, ein schweres eine ähnliche zu *i* wirkt. Von der urform *ma* ist nach diesem gesetz vor der leichten pluralendung *t me*, vor dem wortbildungsaffixe *na* (*nä*) *mi* entstanden, die letzterwähnte endung noch vor den flexionsendungen in *nu* übergegangen, oder das *ma* gerade in *mu*; sie lauten daher *mi-nä*, gen. *mi-nu-n* oder *mu-n*, *mi-nu-lla* oder *mu-lla* u. s. w. So auch von *ta* plural nom. *te-t*, später *te*, sing. nom. *si-nä*, ablat. *si-nu-lta* oder *su-lta*. Die vocalveränderung ist besonders klar und anschaulich in dem pronomen *se*, das wohl auch einem früheren zusatz sein *e* verdankt, wie das interrogativum *ken* von *ka*; dieses ist noch enklitische fragepartikel, deren vocal sich in dem reduplicirten *ku-ka*, wer, noch mehr umgestaltet hat. *Se* behält im genitiv vor dem leichten *n* seinen vocal und lautet *se-n*, infinitiv aber *si-tä*; inessiv und clativ würden *si-snä* (eigentlich *si-ssä*, weil die inessivendung später -*ssa*, -*ssä*, statt -*sna*, -*snä* geworden ist) und *si-stä* heifsen; hier wird aber das *s* weggelassen und der vocal verlängert, also *si-nä*, *sî-tä*. Man kann doch diese dehnung, wie im Sanskrit, auch als eine nochmalige schwächung betrachten, denn der illativ hat die form *si-hen*

---

[1] Charakteristik, s. 290.
[2] vgl. A. Schleicher, Compendium der vergl. gramm. der Indogerm. sprachen. Weimar 1861. I. s. 15 folg., 134.

für *se-hen* oder *si-hin*. Im Ostjakischen werden wir eine ähnliche veränderung des *a* zu *i* kennen lernen. Ehe wir das gebiet des pronomens im Finnischen verlassen, haben wir noch die dritte person zu berücksichtigen. Ich habe als die verschiedenen formen dieser *hän* und *se* aufgestellt, obgleich ich vollkommen bewufst bin, dafs die allgemeine ansicht nur *hän* als persönliches pronomen betrachtet, und auch die grammatikern nur diese eine form aufführen. Man kann jedoch nicht läugnen, dafs in der gewöhnlichen umgangsrede häufig eine andere ausdrucksweise gebraucht wird, so dafs z. b. *nüt se tulé*, schlechthin: jetzt kommt er, bedeutet. Ihrer natur nach ist auch die dritte person des pronomens mit dem demonstrativum sehr nahe verwandt, woher sie mit diesem in mehreren sprachen wechselt. Sogar die Estnische tochtersprache braucht als das dritte personalpronomen *tema*, *ta* = das Finnische demonstrativum *tämä*, *tä*. Einen nahen zusammenhang zwischen diesem *ta* = *tämä*, und dem Finnischen *se* deutet auch das ihnen beiden gemeinsame *n* als anlaut im plural an. Sie lauten nämlich *nä-mät*, *ne*. Auch Castrén hat früher dieselbe ansicht ausgesprochen; er führt an, dafs auch in andern Finnischen sprachen die dritte person mit *s* anlautet, wogegen die demonstrativa selten diesen anlaut haben. „Aufserdem können im Finnischen die meisten personalaffixe der dritten person auf *se* zurückgeführt werden."[1] Dies *se* hat in den possessivaffixen -*nsa*, und dem von Castrén aufgeführten *sa*, den ursprünglichen vocal behalten; kein nachstehender anhang hat nämlich den auslaut dort getrübt. Die vocalveränderung in diesem pronomen geschieht nun ganz nach der oben aufgeführten regel für ihr gewichtsverhältnifs. Daher im sing. gen. *se-n*, allat. *si-lle*; aber illat. wie gesagt *si-hen*, plur. nom. *ne*. In der pluralen declination sagt man weiter adess. *ni-llä*, ablat. *ni-ltä* u. s. w., was aus zwei gründen erklärlich ist, entweder weil man dadurch eine zu grofsen ähnlichkeit mit

---

[1] Ueber die personalaffixe in den Altaischen sprachen, s. 210.

dem plural von *tämä*, adess. *nä-illä*, ablat. *nä-iltä*, vermeiden wollte, oder der in folge der oben erwähnten regel, weil diese endungen schwerer sind als im nominativ. Was endlich die form *hän* anbetrifft, so hat Castrén diesem pronomen, seiner „überraschenden ähnlichkeit mit dem altnordischen *hann* (schwedisch *han*)" willen, einen fremden ursprung zuschreiben zu müssen geglaubt [1]. Er findet dazu „um so mehr grund, als in den verwandten sprachen *h* nie im anlaut des pronomens der dritten person auftritt." Mag nun dies auch so sein, so hat er anderseits selbst die formen im Jakutischen *kini* er, sie, es, plur. *kinilär* aufgeführt, die im allernächsten zusammenhang mit dem Finnischen *hän* zu stehen scheinen. Das *h* hat nämlich im jakutischen eine eigenthümliche neigung, entweder ganz elidirt oder in härtere gutturale verwandelt zu werden. *Kini* einerseits und auf der anderen seite die im Osmanli, Tatarischen und Jakutischen mit vocal anlautenden affixe, die wahrscheinlich ihre ursprüngliche aspiration weggelassen haben, deuten auf dies *hän* hin. Und so kann man auch das Türkische pronomen der dritten person *ol*, *o* mit seinen pluralformen erklären. Uebrigens lautet das affix der dritten person bei den Türken und Tataren bisweilen mit *s*, bei den Jakuten mit *t* an, was W. Schott [2] veranlaſst hat, neben *ol*, *on* auch eine andere pronominalform *sin* anzunehmen. Dies billigt auch Castrén, indem er das *k* im Jakutischen *kini* als eine veränderung aus *s* ansieht, wie überhaupt ein wechsel zwischen *s*, *h*, *k* in diesen sprachen häufig vorkommt, so auch in der zweiten person. Weil eine elision des anlautenden *s* nicht ungewönlich ist, — die affixformen *i*, *in* wechseln öfters mit *si*, *sin*, — so nimmt Castrén daher die form *san* als ursprüngliche form an, woraus alle nominalformen der dritten person, das Mongolische *ene*, *sene*, Mandschu *in*, das Tun-

---

[1] Ueber die personalaffixe s. 209.
[2] W. Schott, Versuch über die Tatarischen sprachen. Berlin 1836. s. 62.

gusische *sin*, das Jakut. *ol* (= *on, an*), und die affixformen *si* (*sį, su, sü*), *sin* (*sįn, sun, sün*), *ti* (*tį, tu, tü*), *tin* (*tį, tu, tün*), *ta* etc. sich entwickelt haben [1]. Böhtlingk hat die entstehung von *t* aus *s* im Jakutischen nachgewiesen. Meiner ansicht nach stimmt dies alles merkwürdig mit dem verhältnisse im Finnischen zusammen. Die affixe für die dritte person weisen ganz wie in den erwähnten sprachen auf zwei formen des pronomens hin, eine mit *s*, und eine andere mit *h* anfangende. Wenn man sie nothwendiger weise auf eine zurückführen will, nehme auch ich keinen anstand die mit *s* anlautende als solche anzunehmen, denn *s* (*t*) kommt doch in den meisten der verwandten sprachen vor. Das *k* im Jakutischen, das *h-n* als verbalsuffix an mehreren stellen im Finnischen, welches Castrén als das entlehnte pronomen *hän* betrachtet, beweisen doch dafs dies *hän* keineswegs als ein fremdling betrachtet werden mufs, die grofse ähnlichkeit mit dem Schwedischen ungeachtet. Im gegentheil, das von Castrén angenommene ursprüngliche *san*, die übrigen formen *si, sin, ene, ta, kini, hän*, geben mir, nach weglassung des von mir als ein zusatz betrachteten *n*, veranlassung als die urformen für die dritte person des pronomens *sa* anzusehen, woraus schon frühzeitig wenigstens im Finnischen und Jakutischen das *ha* sich entwickelt hat. Dafs eine form mit anlautendem *h* diesen sprachen wirklich eigen ist, wird auch von dem Burjätischen pronomen der dritten person *öhön* bestätigt [2]. Es scheint nämlich eine zusammensetzung von *ô* + *hön* zu sein, wie ähnliches dort mehrfach vorkommt. Im reflexivpronomen *ôr, ôrö*, Mongol. *öber* tritt das erste element mit einem anderen zusatz auf; selbständig aber findet man es in reflexivsuffixen *a, e* oder *o, ö* wieder, sicherlich mit der dritten person *o* im Türkischen, *i* im Mandschuischen verwandt. In *hän* hat das auslautende *n* eine schwä-

---

[1] Castrén, l. c. s. 175.
[2] Siehe Castrén, Versuch einer Burjätischen sprachlehre, 1857 s. 27.

chung veranlafst, aber nicht die gewöhnliche zu *e*, sondern zu *ä*, vielleicht aus rücksicht für das plurale *he*. Die declination ist später regelmäfsig, adess. *hä-n-ellä* oder, mit ausstofsung des *n*, *hä-llä*, abl. *hä-ne-ltä* oder *hä-ltä*. Hier mag nun der vollständigkeit wegen Sjögrens ansicht aufgeführt werden [1]. Er betrachtet *hän* als ein *allgemeines* personalpronomen, das früher für alle drei personen gebraucht wurde, und sich im Finnischen erst später, „vielleicht nach dem beispiele des Skandinavischen *han er*", nur auf die dritte person beschränkt hat. Zum beweise einer vormaligen anderen bedeutung desselben wie seines Estnischen verwandten, führt er, nach Hupel und Ahrens, besonders einige formen auf, wo es durch *eigen* oder *sein* ausgedrückt werden kann; z. b. *hene takan* kann hinter mir, hinter dir, oder hinter sich heifsen; *ise enast* mich, dich, sich selbst. In der heutigen Estnischen sprache ist es ein pronomen reflexivum.

Stellen wir das bisher gewonnene zusammen, so sind die einfachsten und ursprünglichsten formen der personalpronomina für die

| 1. pers. | 2. pers. | 3. pers. |
|---|---|---|
| *ma*. | *ta* (*sa*). | *sa* (*ha*). |

Wir haben gesehen wie die vocalveränderung, wenigstens im Finnischen, das allgemeine gesetz zu befolgen scheint, dafs schwerere zusätze eine gröfsere schwächung des vocals bewirken, wonach die vocale sich in der reihenfolge *a, e, i, u* und *i* stellen. In diesem sinne ist die vergleichung mit den Indoeuropäischen sprachen zu verstehen. Wenn im Sanskrit das wort *rurudvāms* in die schwächsten casus *ruruduš*, in den mittleren *rurudvat* heifst, d. i. „der wurzel genommen wird was das affix an gewicht zu viel hat", so gilt dies hier vom gewicht der wurzel an vocalpotenz. Wir haben jetzt nicht diese reihenfolge der vocale in der bindesilbe und in den biegungsendungen zu ver-

---

[1] A. Sjögren, Zur ethnographie Livlands, in Bulletin Histor. Philol. de l'Academie de St. Petersbourg, Tome VII. 55. 56. 57.

folgen. Merkwürdig aber, wenn zugleich auch auf dem einflusse des starken accents und der verschiedenen länge des wortes beruhend, ist z. b. im verbum die symbolische bezeichnung der vergangenen zeit durch *i* und *u*. *Tul-en* ich komme, bezeichnet das in der nächsten zeit geschehene durch *tul-in* imperf. ich kam, das längst geschehene aber, das fertige, abgeschlossene, mit *tul-lut*, *olen tullut* perf. ich bin gekommen.

Man kann auch nicht läugnen, dafs, wenigstens im gebiete des pronomens, der phonetische procefs der vocalschwächung zum theil seine ursprüngliche bedeutung, nach welcher sie von einem anhange bewirkt wird, verloren hat. So scheint der vocal *e* die plurale bedeutung in sich aufgenommen zu haben. Nur im nördlichen Finnland hört man bisweilen noch den ursprünglichen plural *me-t*, *te-t*, *he-t*; in den übrigen gegenden und in der schriftsprache ist das *t* erloschen. Niemand denkt mehr daran, dafs er mit verstümmelungen zu thun hat, und die veränderung von *ma*, *ta* (*sa*) zu *me*, *te* weckt im bewufstsein des sprechenden oder hörenden dieselben vorstellungen der verschiedenheit, wie bei einem Deutschen *vater* und *väter*, *bruder* und *brüder*. Auf grund dieser thatsachen habe ich die pronominale deklination der Altaischen sprachen als den durchbruch eines neuen principes im ganzen sprachengeschlecht betrachtet, ein princip, das seinen ursprung in allgemeingültigen physiologischen gesetzen hat, und seine wirkung bisweilen auch im nomen und verbum zeigt.

Wir gehen hiernach zu den übrigen sprachen des Altaischen stammes über, im allgemeinen dem verhältnisse der näheren oder ferneren verwandtschaft mit dem Finnischen folgend.

2. Das personalpronomen im Estnischen und Livischen.

Diese einander sehr nahe stehenden tochtersprachen des Finnischen haben in der wenigstens acht-, vielleicht zehn-hundertjährigen trennung vom mutterstamme nur geringe veränderungen erlitten. Dies ist um so mehr auffallend, wenn man ihre geschichtlichen verhältnisse in erwägung zieht, die fürchterlichen kämpfe gegen, die schreckliche unterjochung unter die Deutsche ritterschaft, welche ihnen gut und freiheit raubte. Es zeugt dieser umstand von einer seltenen geistigen kraft, die auch nicht an einer späteren selbständigen entwickelung zweifeln läfst.

Im allgemeinen sind die flexionsendungen entweder durch den abfall eines vocals verkürzt, oder auch gänzlich weggefallen; ein verhältnifs, das sich häufig in den westfinnischen dialekten wiederfindet, besonders in der gegend von Åbo. Das pronomen lautet nun im Estnischen wohl *mina, sina, tema* (die verdoppelung des inlautsconsonanten in der Estnischen schrift hat *nur* eine ortographische bedeutung); diese formen werden aber gebraucht blofs wenn das pronomen absolute steht. In negativer form, nach dem verneinungswort, das hier für alle personen zu *ei* erstarrt ist, heifsen sie immer

*ma, sa, ta*.

Die declination geschieht regelbundnn im singul. von den stämmen *minu* oder *mu*, *sinu* oder *su*, wie im Finnischen, plural. heifst im nomin. *meie, teie*. *Tema, ta*, plur. *nemad* ist das Finnische demonstrativum *tämä, tä* [1].

Die Livischen formen der personalpronomina sind [2]:
sing. *ma, sa, ta*.
plur. *mé, té, ne* oder *nei*.

Sie stehen alle mit den Finnischen formen so nahe in zusammenhang, dafs ich nur noch einige bemerkungen hinzufügen will. Trotz der diesen sprachen eigenen starken neigung zur verkürzung, folgen doch die pluralformen *meie, teie, mé, té* der allgemeinen regel, dafs einsilbige wörter nicht mit kurzem vocal schliefsen dürfen, in West- und Ost-Kurland hat man den langen vocal, obgleich das pluralzeichen *g*, dem Lappischen *k, h* entsprechend, folgt. Man

---
[1] Vergl. Ahrens, Grammatik der Ehstnischen sprache Revalschen dialectes.
[2] A. Sjögren, Gesammelte schriften II, theil I, s. 115. 116.

sagt nämlich an jenem orte *meig, teig*, an diesem *még, tég*. Das *i* in *meie* ergiebt sich sonach als eine erweichung von *g*, oder das im Finnischen vorkommende plurale *i* enthaltend. Auch der nom. plur. vom Estnischen demonstrativum *se* hat seinen stamm durch vocaldehnung erweitert: *néd* = Finn. *ne*. *Mina, sina, tema*, wie das Livische plur. *nämad*, vermeiden dies durch erweiterung mit einer bildungssilbe. Im Estnischen kommen die nackten formen nach *ei* vor, weil die negation doch immer einen gewissen nachdruck auf sich zieht. Im Livischen schliefslich treten sie meistens einfach auf, obgleich *mina, sina, täma* auch vorkommen können. — Auch hier bewährt sich die theorie von der vocalschwächung, ja sie gewinnt noch stütze. Das pronomen der 3. person hat hier das ursprüngliche *a* in *ta* beibehalten, was auch für das oben als ursprünglich angenommene *sa* im Finnischen (für *se*) spricht. Zugleich weist aber die schwächung in *te-ma*, plur. *ne-mad*, verglichen mit dem Livischen *nä-mad*, Finnischen *tä-mä, nä-mät* darauf hin, dafs das *ä* für das gefühl das gleiche gewicht wie das *e* hat. *Mi-na, te-ma, nä-mad* und im Finnischen *mi-nä, tä-mä* beweisen übrigens, dafs das gewichtsverhältnifs nicht mit völliger consequenz durchgeführt ist, wenn man nicht annehmen darf, dafs auch die folgenden consonanten bestimmend mitwirken. In welcher sprache gilt aber ein grammatisches gesetz ohne ausnahme? Auch im Sanskrit werden sie vielfältig von einander getrübt. So ist auch das beibehalten des *e* im demonstrativum *se*, nämlich allat. *se-lle*, ablat. *se-lt*, translat. *se-ks* zu betrachten; im Finnischen sagt man entsprechend *si-lle, si-ltä, si-ksi*.

### 3. Das pronomen im Lappischen.

Es begegnen uns in dieser sprache sogleich zwei eigenthümlichkeiten, die im Finnischen nicht vorhanden sind, die entwicklung des ursprünglichen a-vocals nach einer andern richtung als die bisher angegebene, und das auftreten einer dualform. Diese ist nur im verbum und pronomen beibehalten, in der nominaldeclination ist sie schon verschwunden. Was jenes verhältnifs betrifft, so treten auch hier dieselben physiologischen erscheinungen auf, die sich in anderen, nicht verwandten sprachen geltend gemacht haben, und welche von den grammatikern und sprachphilosophen beobachtet sind. Die entwicklung des urvocals *a*, das in den ältesten formationen der sprachen, dem bewufstsein dieser periode entsprechend, auftritt, geht nämlich nach zwei richtungen hin. Die erste durch *e* nach *i* haben wir schon im Finnischen kennen gelernt, die zweite nach *o* und *u* kommt hier auch in betracht.

Ich führe sogleich das schema der pronomina auf, wie es von Friis dargestellt ist[1], indem ich den wortstamm, die erweiterung desselben und die kasusendung auseinander halte:

### Singul.

|            | 1.         | 2.              | 3.        |
|------------|------------|-----------------|-----------|
| Nomin.     | mo-n       | do-n, Castrén: ton | so-n.  |
| Infin. Gen.| muo, mu    | du              | su.       |
| Allat.     | mu-ń-i     | du-dń-i         | su-dń-i.  |
| Locat.     | mu-st      | du-st           | su-st.    |
| Komit.     | mu-ina     | du-ina          | su-ina.   |

### Dual.

|                 |            |           |              |
|-----------------|------------|-----------|--------------|
| Nomin.          | moai       | doai      | soai.        |
| Nach Castrén:   | moi        | toi       | soi.         |
| Inf. Gen.       | mo-nno     | do-dno    | so-dno.      |
| Allat.          | mo-nno-idi | do-dno-idi| so-dno-idi.  |
| Locat.          | mo-nno-st  | do-dno-st | so-dno-st.   |
| Komit.          | mo-nno-in  | do-dno-in | so-dno-in.   |

### Plural.

|            |          |                 |           |
|------------|----------|-----------------|-----------|
| Nomin.     | mi       | di, Castrén: ti | si.       |
| Infin. Gen.| mi-n     | di-n            | si-n.     |
| Allat.     | mi-ǵ-idi | di-ǵ-idi        | si-ǵ-idi. |
| Locat.     | mi-st    | di-st           | si-st.    |

[1] J. A. Friis: Lappisk Grammatik, Christiania 1856.

Es ist auffallend, daſs die vocalentwickelungsreihe *i* sich im plural geltend gemacht hat, während der dual, der doch durch kasusendungen und sonst seinem begriffe nach dem plural näher steht, mit dem singular sich der *u*-reihe zugewendet hat. Dies *i* muſs man wohl als aus dem einflusse des, noch im nominativ der nomina vorhandenen, schweren pluralzeichen k entstanden erklären, von dem auch im allativ ein rest in ǵ sein dürfte. Daſs aber dieser pluralcharakter im ganzen plural früher wirklich vorhanden gewesen, beweisen meines erachtens mehrere dialektisch auftretende formen, wo man das *k* in erweichter gestalt als *y* wiederfindet. So spricht man in Vefsen in Norwegen:

| | | | |
|---|---|---|---|
| Nom. | mi-ye | di-ye | si-ye. |
| Infin. | mi-ye-b | di-ye-b | si-ye-b. |
| Genit. | mi-ye-n | di-ye-n | si-ye-n. |
| Allat. | mi-ǵ-iden | di-ǵ-iden | si-ǵ-iden. |
| | mi-y-it | di-y-it | si-y-it. |
| | mi-ǵe | di-ǵe | si-ǵe. |
| Locat. | mi-ye-st | di-ye-st | si-ye-st. |
| Essiv. | mi-ye-sne | di-ye-sne | si-ye-sne. |

In der schriftsprache und im Finnmarkischen dialekt ist dieser standpunkt der sprachentwicklung schon verlassen, und locat. sing. *must*, plur. *mist*, gen. sing. dialektisch *mun*, gen. plur. *min* werden schlechthin nur durch die vocalveränderung des stammes von einander unterschieden. Das gewichtsverhältniſs zwischen *o* und *u* ist aber schwerer zu ermitteln. Nach dem vorgange in der i-reihe müſste jenes vor kürzeren, dieses vor längeren endungen stehen. Fast das umgekehrte ist jedoch der fall. Hier kommt noch dazu, daſs nomin. sing. *mon*, gen. *mu* oder *mun* heiſst; inf. und genit. dual. *monno, dodno, sodno*; in Karlsö aber sagt *munno, dudno, sudno*, und in Vefsen *monnop, donnop, sonnop*. Da also der vocal vor endungen gleiches gewichts wechselt, kann man, wenigstens von der jetzigen gestalt des pronomens, auf das gesetz der vocalwandlung nicht schlieſsen. Die schwierigkeit wird noch gröſser, wenn man auf das schwanken in der bezeichnung der Lappländischen laute rücksicht nimmt. Friis sagt nämlich, daſs die buchstaben o und u bisweilen denselben laut ausdrücken sollen, und Castrén hat nachgewiesen, wie Rask, Stockfleth und nach ihnen andere, um eine vermuthete theorie der abhängigkeit des wurzelvocals in gewissen fällen von dem der endung consequent durchzuführen, immer, wo diese theorie sich nicht bestätigt, den u-laut mit o zu bezeichnen [1]. Nur im allgemeinen läſst sich daher sagen, daſs der dual für sich das o, der singular das u gewählt zu haben scheint, welches letztere mit der kürzeren form im Finnischen übereinstimmt. Unzweifelhaft haben die singularformen mehr verstümmelungen gelitten, wie die im plur.; das stammerweiternde n findet sich nur im nom. und allat. wieder, während es in der ganzen dualdeclination auſser im nom. auftritt. Vielleicht sind die ursprünglichen singularformen etwa *mon, monun, monuni* oder *monui, monust, monuina* gewesen, die dann durch zusammenziehung den vocal der endsilbe behalten haben. Diese annahme scheint durch die gleichen vorgänge im Finnischen eine aufklärung zu finden, denn das *u* in *mulla, multa* kann leicht durch zusammenziehung von *minulla, minulta* gewirkt sein; das Ostfinnische *miulla, miulta* wäre dann eine zwischenform. Die verschiedenheit des vocals im sing. *monust*, dual. *monnost* wäre dann aber wieder zu erklären. Wir müssen daher bei der allgemeinen thatsache stehen bleiben, daſs die jetzige pronominaldeclination im Lappischen, mit ausnahme des nom. singularis, *u* als einen charaktervocal für singularis, *o* für dualis angenommen habe. Dies alles in der voraussetzung, daſs die orthographie richtig sei.

Was das, wie ich es aufgefaſst habe, den wortstamm verstärkende *n* betrifft, so findet man es, mit ausnahme von nomin. und allat. sing., nur im dual. Bemerkenswerth ist dabei, daſs die 2. und 3. person dies *n* durch ein *d* erweitern — im Schwedisch-Lappischen heiſst es auch im nom.

---

[1] Castrén, Vom einflusse des accents in der Lappländischen sprache s. 31, 33.

sing. 2. und 3. person *todn*, *sodn* —, die 1. person aber das u nur verdoppelt. Das doppelte n ist das ursprüngliche. Vielleicht hat das weichere m das beibehalten desselben in der 1. person bewirkt; die verdoppelung selbst aber ist eine im Lappischen sehr häufig vorkommende erscheinung. Die ansicht, daſs dies *n* nur ein dem stamme beigefügter verstärkungszusatz sei, bestätigt sich auch hier. Das Lappländische hat nämlich die drei demonstrativa *dát, duot, dot,* den Finnischen *tä-mä, tuo, se* entsprechend, durch ein zugefügtes *t* ausgebildet, das nur im nominativ vorkommt und mit dem stamme nichts zu thun hat. Die kürzere form tritt bei wiederholung des pronomens, also wenn es den starken accent entbehrt, hervor: *dá dát* dieser, *duo duot* jener, *do dot* der fernere. Wie hier *t*, so ist dort *n* dem stamme zugetreten wegen der abneigung eines einsilbigen wortstammes gegen kurzen vocalischen auslaut. Der nomin. dual. ist daher erweitert *moai, doai, soai,* auch der genit. singul., wo die casusendung verloren gegangen ist, lautet bisweilen *muo,* und dialektisch der nomit. plur. *min, din,* die 3. person *dei* oder *si*.

Der charakterconsonannt der drei personen tritt am deutlichsten in den von Castrén angeführten formen *mon, ton, son* hervor. Nach wiederherstellung des urvocals, welcher die einzige gemeinsame quelle sein kann, aus dem alle die genannten lautmodificationen hervorgegangen sind, bekommen wir daher als ursprüngliche pronominalstämme im Lappischen:

    1. pers.    2. pers.    3. pers.
    *ma*        *ta*        *sa*.

**4. Das pronomen im Syrjänischen.**

Wir kommen jetzt zu einem zweige der Finnischen sprachen, welcher einen besonderen reichthum der pronominalformen entwickelt hat. Sie bilden sich nämlich mit hülfe der possessiv-affixe aus, und zeigen sonach in ihrer gestalt eine völlig tavtologische wiederholung. Der Syrjänische illativ *me-a-m*, *te-a-d* heifst nämlich wörtlich wiedergegeben *mich-zu-mein*, *dich-zu-dein*, der elativ *mi-śu-num*, *ti-śü-nüd* = *wir-von-uns*, *ihr-von-euch* u. s. w. Es ist dies eine eigenthümliche bildung, die man wohl als aus dem bedürfnifs, dem pronomen einen stärkeren nachdruck zu geben, hervorgegangen ansehen mufs; für die bedeutung ist der zusatz vollkommen überflüssig. Ich will nicht näher auf die psychologische erklärung dieser erscheinung eingehen; soviel mag jedoch hier gelegentlich bemerkt werden, dafs sprachen auf einer kindlichen entwicklungsstufe oft die mehrheit oder eine gröfsere betonung eines wortes ganz materiell durch die wiederholung des wortstammes oder einzelner theile desselben ausdrücken. Auch beim kinde kann man dasselbe beobachten, z. b. im Finnischen *emä-mä*, *tüttölö-lö-itä*, im Schwedischen *mamama*, *barne-ne-na*. Auch die Indoeuropäischen sprachen haben ähnliches im pronomen aufzuzeigen. Man erklärt die Sanskritischen genitive *máma*, *táva* als verdoppelungen von *ma* und *tva* mit verlust der kasusendung, den altbaktrischen genitiv *mana* durch dissimilation von *mama* entstanden; ebenso der Litauische nominat. *mani*, Slavische *muna*, *mena*. Am deutlichsten zeigt sich die reduplication des stammes im Vedischen abl. *mama-t*, Pråkrit. *ma-må-do*, pråkrit. locativ *ma-ma-mmi* [1].

Die zu dem jetzt zu besprechenden zweige gehörenden sprachen sind die *Permische*, *Syrjänische* und *Wotjakische*. Die erstgenannte ist jedoch wenig bekannt, weshalb ich ihre nominativformen nur im zusammenhang mit der zweiten aufführen kann. Die Wotjakische steht wenigstens in hinsicht der pronominalbildung dem Lappischen näher als die Syrjänische. Weil doch diese die suffixive bildung am vollständigsten entwickelt hat, mache ich damit den anfang und führe sogleich, um stete wiederholungen zu vermeiden, die ganze prnonominaldeclination nach Castréns darstellung [2] hier auf:

---

[1] A. Schleicher, Compendium d. vergl. gramm. II, 492, 495.
[2] Castrén, Elementa grammatices Syrjaenae. 1844.

## Singular.

|  | 1. pers. | 2. pers. | 3. pers. |
|---|---|---|---|
| Nom. | me | te | sû-a. |
| Permisch: | me [1] | te [1] | sû-ya [1]. |
| Genit. | me-na-m | te-na-d | sû-lān. |
|  | me-a-m | te-a-d | sû-lûs. |
|  | ma-ya-m | te-ya-d | sû. |
| Accus. | me-n-ä | te-n-ä | sû-ä. |
|  | me-n-ö [1] | te-n-ŏ [1] | sû-y-e, sû-y-es. |
| Instr. | me-n-am | ten-a-d | sû-än. |
|  | me-ön | te-ŏn | sû-y-än. |
| Carit. | me-täg-ä | te-täg-ûd | sû-täg. |
|  | me-täga-a | te-täga-ûd | sû-täga. |
| Dat. | me-n | te-n | sû-lû. |
|  | me-n-um | te-n-ûd, te-d. |  |
| Allat. | me-lań-c | te-lań-ûd | sû-lań-e. |
| Illat. | me-a-m | te-ad | sû-ä'. |
| Adess. | me-na-m | te-na-d | sû-län. |
|  | me-ya-m | te-ya-d |  |
| Iness. | me-a-m | te-a-d | sû-ûn. |
| Abl. I | me-n-ûs |  | sû-lûs. |
|  | me-n-s-im [2] | te-n-s-id [2] |  |
|  | me-n-ć-um | te-n-ć-ûd. |  |
| Abl. II | me-säń-e | te-säń-ûd | sû-säń. |
|  | me-säń [3] | te-säń |  |
| Elat. | me-ś-um | te-ś-ûd | sû-ûs. |
|  | me-ûs | te-ûs |  |
| Consec. | me-la-ä | te-la-ûd | sû-la. |
| Prosec. | me-äd-ä | te-äd-ûd | sû-äd. |
| Termin. | me-edź-e | te-edź-ûd | sû-edź. |

---

[1] Nach v. d. Gabelentz, Grundzüge der Syrjän. gramm. 1841.
[2] Possessiv, genannt worden von Gabelentz.
[3] Nach Gabelentz.

— 31 —

|  | 1. pers. | Plural. 2. pers. | 3. pers. |
|---|---|---|---|
| Nom. | mi | ti | nŭ-ya, na·ya, sŭ-ya-yŏs. |
| Perm. nom. | mŭ (mie) | tŭe | nŭ-ya. |
| Gen. | mi-ya-n<br>mi-a-n | ti-ya-n<br>ti-a-n | nŭ-lăn, nŭ-lŭs.<br>na-ya-lŏn, nalŏn.<br>sŭ-jŏs-lŏn, nŭ. |
| Acc. | mi-ya-n-t-ă<br>mi-an-dŏ<br>mi-ya-n-ŏs | ti-ya-n-t-ă<br>ti-an-dŏ<br>ti-ya-n-ŏs | nŭ-y-ă.<br>sŭ-yŏs-tŏ.<br>na-y-ŏs, sŭya-yas-ŏs. |
| Instr. | mi-na-num<br>mi-an·ŏn | ti-na-nŭd<br>ti-an-ŏn | nŭ-ăn.<br>na-ya-ŏn,sŭ-ye-yas-ŏn. |
| Carit. | mi-tăg-num<br>mi-tăǵa-num | ti-tăg-nŭd<br>ti-tăǵa-nŭd | nŭ-tăg.<br>nŭ-tăǵa. |
| Dat. | mi-ya-n<br>mi-ya-n-lŭ | ti-ya-n<br>ti-ya-n-lŭ | nŭ-lŭ, na-lŭ.<br>na-ya-lŭ, sŭ-jŏs-lŭ. |
| Allat. | mi-lań-num | ti-lań-nŭd | nŭ-lań-e. |
| Illat. | mi-a-num | ti-a-nŭd<br>ti-ya-n-ŏ. | nŭ-ă'. |
| Adess. | mi-ya-n | ti-ya-n | nŭ-lăn. |
| Iness. | mi-a-num | tiănŭd.<br>ti-ya-nŭn | nŭ'-ŭn. |
| Abl.I | mi-ya-n-ŭs<br>mi-ya-n-ću-num<br>mi-ya-n-ć-um-ŭs. | ti-ya-n-ŭs.<br>ti-ya-n-cŭ-nŭd, | nŭ-lŭs. |
| Abl.II | mi-săń-num | ti-săń-nŭd | nŭ-săń. |
| Elat. | mi-śu-num | ti-śŭ-nŭd<br>ti-ya-n-ŭs | nŭ-ŭs.<br>na-ya-ŭs. |
| Cons. | mi-la-num | ti-la-nŭd | nŭla. |
| Pros. | mi-ed-num | ti-ed-nŭd | nŭ-ăd. |
| Term. | mi-edź-num | ti-edź-nŭd | nŭ-edź. |
|  | mi-ya-n-ŏdź | ti-ya-n-ŏdź | na-ya-edź. |

Ich habe die oben aufgeführten 151 formen in ihre elemente geschieden, um dadurch gröfsere anschaulichkeit der pronominalen declination im Syrjänischen zu gewinnen. Man braucht jetzt nur die suffixformen zu kennen, und diese sind für den sing. 1. *m, um, im* [1], 2. *d, üd*, 3. *s, üs*. plur. 1. *num, nüm*, 2. *nüd*, 3. *nüs* — um sie sogleich entweder am schlusse der casusform, oder zwischen dem wortstamme und der endung wiederzufinden. Die übrigen elemente sind die casusendungen, in vollständiger gestalt oder verstümmelt; ein bindevocal; ein eingeschobenes *ya*, das in den meisten fällen dem jetzigen pluralzeichen *yas* entspricht und bisweilen auch vollständig auftritt; zuletzt ein problematisches *n* oder *na*. Es wäre für unseren zweck genug, nur das letzte moment einer untersuchung zu unterwerfen; wir können aber dies nicht ohne hinzuziehung auch der anderen thun. Hier folgt daher eine übersicht der noch beim nomen gewöhnlichen casusendungen [2]:

|  | Singul. | Plur. |
|---|---|---|
| Nom. Voc. | — | yas. |
| Gen. | — län, lön, lüs. | — yaslän, yaslön, yaslüs. |
| Accus. | — äs, ös. | — yasäs. |
| Instruct. | än, ön. | yasän, yasön. |
| Carit. | täg, tög, täga. | yastäg, yastög, yastäga. |
| Dat. | lü. | yaslü. |
| All. | lań. | yaslań. |
| Illat. | ä', ö. | yasä', yasö. |
| Adess. | län, lön. | yaslän, yaslön. |
| Iness. | ün. | yasün. |
| Ablst. I [3] | lüs. | yaslüs. |
| Ablat. II | sań. | yassań. |
| Elat. | üs. | yasüs. |
| Consec. | la. | yasla. |
| Prosec. | äd, öd. | yasäd, yasöd. |
| Termin. | edź. | yasedź. |

---

[1] Castrén führt in seiner grammatik auch **ä** auf, hat aber diese ansicht später aufgegeben.
[2] Castrén, Elementa grammatices Syrjaenae. Helsingforsiae 1844. s. 24.
[3] Gabelentz nennt diesen Possessivus, s. Grundzüge 10.

Die meisten pronominalformen, mit diesen endungen und den suffixen verglichen, sind ohne weiteres klar, und werden es noch mehr, wenn man einige eigenthümlichkeiten der Syrjänischen declination berücksichtigt. Man wäre zum beispiele geneigt das *na* im instructiv *menam* zum stamm zu rechnen, weil die endung *än* ist und dies *n* oder *na* sich in verwandten sprachen wiederfindet. Es ist aber eine regel, dafs die buchstaben dieser endung ihren platz tauschen, wenn ein suffix hinzukommt, und *ä* dann in *a* übergeht. Iness. und ill. haben beide die gemeinsame illat.-endung *ä*, aber in *a* verwandelt. Noch in anderen casus kommt das *n*, das wir hier suchen, vor; zunächst finden wir es im genitiv. Castrén hat es dort als den rest einer vielleicht älteren form, die sich noch in den pronomina der verwandten sprachen erhalten hat, erklärt. Diese erklärung scheint auch die gröfste wahrscheinlichkeit zu haben, besonders was den genit. plur. und die dative der beiden numeri betrifft. Einerseits stehen nämlich der endung *n* in der ersten person die gewöhnlichen endungen im genitiv *län*, *lön*, im dativ *lü* der dritten person gegenüber; andererseits haben die Syrjänischen formen *miyan*, *tiyan* eine merkwürdige übereinstimmung mit den Finnischen *meiyän*, *teiyän*. Was den genit. und acc. singul. betrifft, so haben sie in der jetzigen nominal-declination jede endung verloren, und man könnte das verhältnifs so auch hier ansehen, wodurch *na*, *n* als stammerweiterungen erschienen. Die bisweilen für den gen. als *län* auftretende ist doch sicherlich eine zusammensetzung von adess. *län* und der frühern gen.-endung *n*; die nur für persönliche objecte auftretende accusativ-endung *äs* ist ohne zweifel das pronom.-reflex. *as*. Wir haben sonach im genitiv des Syrjänischen wirklich ein *n*, was wohl auch im accusativ gewesen, da diese casus in mehreren verwandten sprachen lautlich einander sehr nahe stehen. Sind sie aber zum stamm zu rechnen, so beweist eben der umstand am besten ihren charakter als erweiterungszusatz, dafs sie mit *a* oder *ya* wechseln können, was freilich nicht die andere erklärung ausschliefst; denn wenn die bedeutung des *n* als genitivzeichen verloren gegangen war, behandelte man es blos wie einen leeren zusatz. So erklärt Castrén auch den adessiv.

Dagegen hat der ablativ in beiden numeri ein *n* aufzuweisen, das nicht in der weise zu erklären ist. Dafs es nicht etwa aus *l* in der endung *lüs* entstanden ist, scheint sein auftreten in elat. plural. und mittelbar auch in termin. plur. zu beweisen. Das *s, ś, ć* ist dagegen eine verstümmelung der elativendung *üs*, *dí* sich in den beiden casus festgesetzt hat. Diese casus scheinen daher eine schwache spur von dem in den verwandten sprachen so häufig auftretenden, stammerweiternden *n* bewahrt zu haben. Wie geringfügig aber gegen die anderen über hundert pronominalformen! Es ist dieser umstand ein starker beweis, dafs das zugetretene *n* nur als ein unwesentliches wortbildungsaffix zu betrachten ist; stellen ja die Syrjänischen formen im plur. das *n* sogar hinter das pluralzeichen.

Ich bin über diesen gegenstand weitläufig gewesen; es war aber nachzuweisen, wie sich die pronominale declination im Syrjänischen überhaupt ohne dies element, das übrigens so allgemein ist, ausgebildet hat. Um so gedrängter kann ich die vocalveränderung des wortstammes erörtern. Der singular hat überall *e*, der plural *i* gewählt, ganz in übereinstimmung mit dem gesetze, das vor schweren endungen eine gröfsere schwäche fordert. Dem plural aber kommen erstens schwerere suffixe zu, dann auch noch das pluralzeichen; und wenn diese auch wegfallen, steht doch der einmal angenommene vocal fest, z. b. gen. sing. *meam*, plur. *mian*, ein übergang zur pluralbezeichnung durch veränderung des wurzelvocals. Die dritte person hat die nominativformen durch einen vocal erweitert, ist aber wie im Finnischen in den beiden numeri ähnlich anlautend. Es mag nicht befremden, dafs sich ein gesetz nicht überall geltend gemacht hat, sonst wären ja nicht die grammatiken des Sanskrit und des Griechischen mit ausnahmen besonders voll. So stehen auch hier die unregelmäfsigen *naya*, *nayalön* u. s. w. *Naya* deutet übrigens auf ursprünglichere formen mit *a* hin. Sie sind zwar nicht mehr im Syrjänischen vorhanden, dafs aber die jetzigen personalpronomina sich aus *ma, ta, sa* entwickelt haben, darf wohl nach dem gesagten keineswegs als ein zu gewagter schlufs angesehen werden. In der flexion geht ein auslautendes *a* öfters in *ä, i* oder *ü* über, *ä* wieder in *a* oder *e*; bisweilen wechseln *i* und *ü* miteinander. Das *n* in *nüa* ist gewöhnliche veränderung vom singularen *s*.

### 5. Das pronomen im Wotjakischen.

Der bau dieser sprache hat einen mehrfachen einflufs fremdartiger elemente aufzuzeigen, und die von einander abweichenden Evangelienübersetzungen, die das hauptsächlichste material darboten, haben der grammatischen behandlung vielerlei schwierigkeiten gemacht. Wiedemann, dessen darstellung ich hier folge[1], mufste mehrere formen, die ihm als fehlgriffe der übersetzer oder sonst verdächtig schienen, gänzlich weglassen. Noch aber ist nicht alles vollkommen klar geworden, besonders was die declination der pronomina betrifft. Ich führe daher die von Wiedemann aufgestellten pronominalformen hier in gröfster kürze auf, nebst den zu ihrer erklärung nöthigen casus- und personalsuffixen. Bemerkenswerth ist, dafs die letzteren in den verschiedenen casus ihr aussehen verändern, und bald vollere, bald leichtere formen darbieten. Die pronominalformen sind:

Singular.

|  | 1. | 2. | 3. |
|---|---|---|---|
| Nom. | mo-n | to-n | so. |
| Adess. Gen. | mi-na-m | ti-na-d | so-len. |
| Allat. Dat. | mi-ni-m | ti-ni-d | so-lû. |
| Allat. 2 | | | so-ñä. |
| Accus. | mo-n-ä | to-n-ä. | so-ä. |

---

[1] F. J. Wiedemann, Grammatik der Wotjakischen sprache. Reval 1851.

## Singul.

|  | 1. | 2. | 3. |
|---|---|---|---|
| Elat. | mo-n-eś-t-į̃m<br>mį-n-eś-t-įm<br>mi-n-įś-t-įm.<br>mį-ś-t-įm. | to-n-eś-t-įd.<br>tį-n-eś-t-įd. | |
| Ablat. | | | so-leś. |
| Instr. | mo-n-en-įm<br>mo-n-en | to-n-en-įd<br>to-n-en-įn | so-in.<br>so-en-įn.<br>so-en-įz. |
| Abess. | | | so-tek. |

### Plural.

|  |  |  |  |
|---|---|---|---|
| Nomin. | mi | ti | so-yos. |
| Ad. Gen. | mi-l'a-m | ti-l'a-d | so-yos-len. |
| All. Dat. | mi-l'e-m-lį<br>mi-l'e-m | ti-l'e-d-lį<br>ti-l'e-d. | so-yos-lį. |
| Allat. 2 | | | so-yos-ńä. |
| Accus. | mi-l'e-m-įz<br>mi-l'e-m-ez | ti-l'e-d-įz<br>ti-l'e-d-ez | so-yos-zä.<br>so-yos-įz. |
| Elat. Abl. | mi-l'e-ś-t-įm | ti-l'e-ś-t-įd | so-yos-lez. |
| Instr. | mi-l'e-m-įn<br>mi-l'e-m-en | ti-l'e-d-įn<br>ti-l'e-d-en | so-yos-in.<br>so-yos-en-įn. |
| Abess. | | | so-yos-tek. |

Die casusendungen, welche sich auf diese formen beziehen, sind in der nominaldeclination: Adess. *len.* Allat. *lį*, Allat. 2 *ńä*, Accus. *ä, äz*, Elat. *įś*, Ablat. *leś*, Instrum. *en, įn*, Abess. *tek.*

Die verschiedenartigen suffixformen:

|  | 1. | 2. | 3. |
|---|---|---|---|
| Adess.<br>Allat.<br>Ablat. | ä, m | ed, d | ez. |
| Accus. | m | d | z. |
| Elat. mit eingeschobenem *t* | tįm | tįd | tįz. |
| Instr. | įm | įd | įz. |

Die zusammensetzung der formen ist hiernach von selbst deutlich. Im plural der ersten und zweiten person kommt ein unbekanntes *la* oder *le* statt der gewöhnlichen pluralbildung *yos* in der dritten vor. Ob das *n, na, ni* im adessiv, allativ und accusativ als ein ehemaliges casuszeichen zu betrachten ist, wage ich jetzt nicht zu entscheiden; das vorkommen eines erweiternden *n* in den übrigen singularcasus dieser zwei personen deutet auf das gegentheil hin. Einerseits tritt aber, ebenso wie im Finnischen, ein ähnliches erweiterndes *n* im fragepron. *kin* auch hier auf, andererseits ist es sowohl hier wie in den meisten verwandten sprachen im plural fast vollkommen verschwunden. Ich nehme daher keinen anstand, es auch in der Wotjakischen sprache als eine erweiterung anzusehen. Die dritte person hat ihren stammvocal überall unverändert beibehalten, in den beiden anderen bewährt sich aber im allgemeinen das gesetz des gewichtes. Die längeren pluralendungen haben die gröfste schwächung zu *i* bewirkt; im singular geht den leichtesten casussuffixen ein *o*, den übrigen gewöhnlich ein *i* voraus. Dies ist härter als *i*, und mag daher als eine geringere schwächung betrachtet worden sein. *O, I* und *I* aber setzen einen ursprünglicheren laut voraus, aus dem sie alle entwickelt werden können, denn *o* geht in den Finnischen sprachen nicht in *i* und *i* nicht in *o* über. Dieser laut kann kein anderer sein als der urvocal *a*, weshalb wir auch im Wotjakischen als urformen

    1. *ma*    2. *ta*    3. *sa*

betrachten müssen.

### 6. Das pronomen im Mordvinischen.

Das Mordvinische hat eine gewisse eleganz, eine abrundung in seinen formen ausgebildet, so dafs sie mehr volltönend lauten als ihre schwestern in den verwandten sprachen, mit ausnahme des Finnischen. Dieser den beiden idiomen gemeinsame klassische formsinn macht die verschlingungen der formen durchsichtiger, wodurch ihre elemente von einander leichter zu trennen werden.

Ich berücksichtige hier nur den von Ahlqvist untersuchten [1] Moksha-dialekt, da Gabelentz' darstellung des Ersa-dialektes [2] sich nur auf angaben einiger übersetzer, die weniger zuverlässig sind, stützt. Die pronominalformen der Mokschasprache sind folgende:

Singular.

|  | 1. | 2. | 3. |
|---|---|---|---|
| Nom. | mo-n | to-n | so-n. |
| Genit. | mo-ń | to-ń | so-ń. |
| Dat. | {te-in, te-ina<br>mo-ńdi-in, mo-ńdi-nä | te-t<br>to-ńdi-it | te-inza.<br>so-ńdi-inza. |
| Abl. | mo-ń-de-n<br>mo-ń-dede-n | to-ń-de-t<br>to-ń-dede-t | so-ń-de-nza.<br>so-ń-dede-nza. |
| Iness. | mo-ń-cį-n | to-ń-cį-t | so-ń-cį-nza [3]. |
| Elat. | mo-ń-ctį-n | to-ń-ctį-t | so-ń-cti-nza [4]. |
| Illat. | mo-ń-zį-n | to-ń-zį-t | so-ń-zį-nza. |
| Prol. | mo-ń-ga-n | to-ń-ga-t | so-ń-ga-nza. |
| Präd. | mo-ń-ks | to-ń-ks | so-ń-ks-e-nza. |
| Carit. | mo-ń-ftįmį-n | to-ń-ftįmį-t | so-ń-ftįmį-nza. |
| Compar. | mo-ń-ška-n | to-ń-ška-t | so-ń-ška-nza. |

Plural.

| Nom. | mi-n | ti-n | si-n. |
|---|---|---|---|
| Genit. | {mi-ń<br>mi-ń-didį-nk | ti-ń<br>ti-ń-didį-nṭ | si-ń.<br>si-ń-didį-st. |
| Dat. | te-ińk | te-inṭ | te-ist. |
| Ablat. | mi-ń-z-dį-ńk | ti-ń-z-dį-nṭ | si-ń-z-dį-st. |
| Iness. | mi-ń-cį-ńk | ti-ń-cį-nṭ | si-ń-cį-st. |
| Elat. | mi-ń-stį-ńk | ti-ń-stį-nṭ | si-ń-stį-st. |
| Illat. | mi-ń-zį-ńk | ti-ń-zį-nṭ | si-ń-zį-st. |
| Prol. | mi-ń-z-ga-ńk | ti-ń-z-ga-nṭ | si-ń-z-ga-st. |
| Carit. | mi-ń-ftįmį-ńk | ti-ń-ftįmį-nṭ | si-ń-ftįmį-st. |
| Compar. | mi-ń-ška-ńk | ti-ń-ška-nṭ | si-ń-ška-st. |

---

[1] Ahlqvist, Versuch einer Mokscha-Mordvinischen grammatik. St. Petersburg 1861.
[2] C. v. d. Gabelentz, Versuch einer Mordvinischen gramm., in Zeitschrift für kunde des Morgenlandes II.
[3] aus: *mo-n'-es į-n, to-n'-es į-t.*    [4] aus: *mo-n'-est į-n, so-n'-est į-nza.*

Die casusendungen sind: genit. *n*, aber *ṅ* wenn der auslautsvocal unverändert bleibt; dat. *ti*, in der unbestimmten deklination zusammen mit der genit. *ṅdi*; abl. *da*; iness. *sa*; elat. *sta*; ill. *s, sa*; prol. *ga, va*; präd. *ks*; carit. *ftįma*; compar. *ška*. Dabei ist zu bemerken, dafs das auslautende *a* vor personalsuffixen zu *į* übergeht, im abl. zu *e*. Diese letzteren sind:

|  | Singul. | Plur. |
|---|---|---|
| 1. | n | ṅk. |
| 2. | t | nṭ. |
| 3. | nza | st. |

Die bildung der verschiedenen kasus ergiebt sich hieraus leicht. Man wäre beim ersten blick geneigt, das in der ganzen deklination auftretende *ṅ* zum stamm zu rechnen. Wenn man aber die eigenthümlichkeit des Mokscha-Mordvinischen kennen lernt, dafs in mehreren casus der bestimmten deklination die genitivform mit dem demonstrativpronomen *sä* zusammengesetzt wird, und erst danach die endungen zugefügt werden, so kann man nicht umhin, das verhältnifs auch hier so zu erklären. Es kommen noch spuren von diesem determinirenden *sä* besonders im ablat. und prol. plur. vor, denn *з* ist eine gewöhnliche veränderung von *s*. So erklärt auch Ahlqvist das entstehen dieser formen, namentlich den iness. *mońcįn*, wo *es* demonstrativ ist. Die erhärtung von *s* zu *c* findet ihr entsprechendes seitenstück im Syrjänischen ablat. *menćum*. Ubrigens ist der allgemeine genitivcharakter *ṅ*, der nominativzusatz aber hier *n*, und es existirte für diesen keine nothwendigkeit sich zu verändern, wenn er zum stamme gehörte. Noch mehr wird diese ansicht von dem umstand bestätigt, dafs im Mordvinischen die meisten pronomina durch dergleichen bildungsendungen erweitert sind; z. b. die demonstrativa *to-ma*, *sta-ma*, *tafta-ma*, relativ. *ko-na*, interrog. *koda-ma*, *meza-ma*; im interrog. *kiä* kann der zusatz wegfallen oder verändert werden: iness. *ki-sa* oder *ki-ne-sa*. Auch bei den nomina kommen diese bildungsendungen vor, sonach gänzlich mit dem verhältnisse im Finnischen übereinstimmend.

In bezug auf die verwandlung des stammes bieten die demonstrativpronomina *sä* jener, *tä* dieser beachtenswerthe beispiele. Man kann nämlich bei ihnen eine dreifache abstufung beobachten. Mit dem kürzesten affix, lativ *i*, heifsen sie: *se-i* oder *se*, *te-i*, *te*, ein lautlicher übergang, der sehr natürlich und im Wesen der sprachorgane begründet ist. Der nomin. steht in übereinstimmung mit den genit. *sä-n*, *tä-n*, dativ. *sä-ndi tä-ndi*, und hat höchst wahrscheinlich einem früheren nominativzusatz, wie in *mo-n*, *to-n*, seine vocaltrübung zu verdanken. In einigen formen steht dennoch der *a*-vocal, und der anlaut ist mouillirt: iness. *sa-sa*, *t'a-sa*, comp. *sa-ška*, *t'a-ška*, nom. pl. *sa-t*, *t'-at*; die übrigen casus aber im plural *sä-tnen*, *sä-tnendi* u. s. w. Im allgemeinen liegt also auch hier trübung vor schwereren affixen, und zwar mehr im plur. vor, obgleich das gewichtsverhältnifs nicht näher bestimmt ist. Dies allgemeine princip macht sich nun auch in der deklination der personalpronomina geltend. Sie haben aber alle drei ohne ausnahme für den singular *o*, für den plural *i* gewählt, weil schon die personalsuffixe im plural schwerer sind. Jetzt drückt diese gröfste schwächung schlechthin den pluralen begriff aus, wie man auch im zahlworte *fkä*, eins, sehen kann. Die drei ersten formen des singulars haben, — wie *sä*, — *ä*, die übrigen *a*: *fka-sa*, *fka-sta*, *fka-s*, oder *fkä-t-e-sa*, *fkä-t-e-sta*, *fkä-t-e-s* u. s. w., wo *e* aus *es* stammt. Im plural wird der stammvocal immer *i*: nom. *fi-n-c-t*, aus *fi-n-es* (determinativ) -*t* (nominativzeichen in der unbestimmten deklin.), genit. *fi-n-c-ne-n*, ablat. *fi-n-c-ne-n-es-da* u. s. w., eine sehr verwickelte deklination. Unzweifelhaft ist das *a* in allen diesen veränderungen das zu grunde liegende, wie sie auch nur daraus erklärt werden können; und wir haben wieder eine aussicht in den vergangenen urzustand, wo die schon bekannten *ma*, *ta*, *sa* auftreten.

## 7. Das pronomen im Tscheremissischen.

Mit der soeben erörterten Mordvinischen sprache bildet die Tscheremissische eine gruppe, welche für die an der Wolga und ihren nebenflüssen wohnenden völker gemeinsam ist. Das Tschuwaschische, das man früher hierher gerechnet, hat sich doch als ein Türkischer dialekt erwiesen [1], weshalb wir es hier nicht zu berücksichtigen brauchen. Ich führe sogleich die betreffenden formen nach Castrén [2] auf:

### Singular.

|      | 1. | 2. | 3. |
|------|-----|-----|-----|
| Nom. | mi-ń | ti-ń | ti-dä. |
| Gen. | mi-ń-i-n | ti-ń-i-n | ti-dä-n. |
| Accus. | mi-n-i-m | ti-n-i-m | ti-dä-m. |
| Dat. | me-län | te-lä-t | ti-dä-län. |
| Abl. | mi-ń-gic-e-m | ti-ń-gic-e-t | ti-dä-gic. |
| Superl. | mi-ń-gadč-e-m | ti-ń-gadč-e-t | ti-dä-gadč. |
| Instr. | mi-ń-don-e-m | ti-ń-don-e-t | ti-dä-don. |

### Plural.

| | | | |
|---|---|---|---|
| Nom. | mä. l. mä-vülä | tä, l. tä-vülä | ni-nä, ni-nä-vülä. |
| Genit. | mä-n-mä-n / mä-m-nä-n | tä-n-dä-n / tä-m-dä-n. | ni-nä-n. |
| Accus. | mä-m-nä-m / mä-n-mä-m | tä-m-dä-m. / tä-n-dä-m | ni-nä-m. |
| Dat. | mä-lä-nä | tä-lä-dä | ni-nä-län. |
| Abl. | mä-gic-nä | tä-gic-tä | ni-nä-gic. |
| Superl. | mä-gadč-na | tä-gadč-ta | ni-nä-gadč. |
| Instr. | mä-don-na | tä-don-da | ni-nä-don. |

Die hier auftretenden casusendungen sind für: genit. *n*, accus. *m*; dat. *län*, abl. *gic*, superl. *gadč*, instr. *don*; das

---

[1] Vgl. Schott, De lingua Tschuwaschorum. Berolini 1842.
[2] M. A. Castrén, Elementa grammatices Tscheremissae. Kuopio 1845.

pluralzeichen *vülä*. Die personalsuffixe, welche öfters einen bindevocal *e* vorn annehmen, sind:

|       | 1.     | 2.     | 3.  |
|-------|--------|--------|-----|
| Sing. | m      | t      | že  |
| Plur. | na, nä | da, dä | št. |

Das erweiternde *n*, hier *ń*, kommt, wie in mehreren verwandten sprachen, nur im singular der ersten zwei personen vor. Wie es aber die aufgabe hat, dem pronomen eine vollere, mehr hervorragende gestalt oder substantielleren gehalt zu geben, erweist sich aus dem vergleiche mit der dritten person. Hier haben wir nämlich, sowohl im singular als plural, unzweifelhaft mit einer vollständig durchgeführten reduplikation des wortstamms zu thun, von derselben bedeutung, wie es schon bei gelegenheit des Syrjänischen an der Sanskritform *mamat* hervorgehoben wurde. Diese reduplikation tritt noch deutlicher im plural bei der ersten und zweiten person hervor: gen. *mä-n+mä-n, tä-n+dä-n*, accus. *mä-m+nä-m, tä-m+dä-m*, woraus die anderen formen nur durch einfachen lautwechsel entstanden sind. Noch interessanter ist aber diese erscheinung, und lehrreich zugleich, weil wir dadurch einen neuen einblick in die sprachlichen phänomene werfen können. Es findet sich nämlich bei dieser wiederholung der stammsilbe eine ähnliche schwächung des vocals ein, wie häufig in den Sanskritischen sprachen bei reduplikation der *a*-stämme. So bildet sich aus die wurzel *sthá*, stehen, 1. pers. sg. präs. *ti-sthá-mi* = ἵστημι, ursprünglich *sti-stá-mi*, von wz. *bhar*, tragen schwedisch *bära*, präs. *bi-bhár-mi*; die ganze bildung erweist sich aber als eine spätere entwicklung, denn den wurzeln *dhá* stellen, *dá* geben, und ihren präsensformen *dá-dhá-mi, dá-dá-mi*, stehen die griechischen τί-θη-μι, δί-δω-μι gegenüber[1].

Es kann kein zweifel obwalten, daſs wir hier mit einer wirklichen reduplikation zu thun haben. Castrén hat

---

[1] vgl. A. Schleicher, Compend. I. 18.

wohl im Samojedischen ein suffix der dritten person *da* nachgewiesen, in allen den näher so genannten Finnischen sprachen aber kommt es nicht vor, im Tscheremissischen selbst ist *da*, *dä* suffix für die zweite person im plural. Der scheinbare gegensatz in den demonstrativen *se-dä*, *ti-dü*, als wären verschiedene stämme mit *dä* zusammengesetzt, löst sich vollständig auf, wenn man die formen der prädikat- und possessiv-affixe der dritten person im Tscheremissischen berücksichtigt. Sie lauten nämlich mit einem zischlaut š, ž an, und es ist bekannt wie oft in diesen sprachen ein zischlaut mit *t* abwechselt. *Sedä* und *tidä* sind sonach auf einen gemeinsamen ursprung zurückzuführen, der wie in mehreren anderen sprachen, *ta* oder *sa* gewesen sein mag. Man beobachte übrigens die im wesen des lautlichen processes liegende neigung den vocal auch in der zweiten silbe zu trüben, doch nicht so stark wie in der ersten, und die abwechselung der tenuis und media in den beiden silben. Diese auffassung wird beinahe zur gewifsheit gebracht, wenn man die pluralen formen mit in betracht zieht. Diese sind in allen casus eine regelmäfsige reduplikation von *nä* oder *na*, Finnisch *ne*.

Die vocalveränderung bei den formen der zwei ersten personen hat sich auf *i* für singul. und *ä* für plur. im allgemeinen beschränkt. Die veranlassung zur größeren schwächung im vorigen falle dürfte in dem eingeschobenen *ń* liegen, wodurch diese formen schwerer als die pluralen hervortreten. Im dativ, wo dies nicht der fall ist, räumt das *i* einem *e* den platz. Die eigentliche pluralendung *vülä* ist nicht so schwer als sie beim ersten blick scheint, denn *ü* nimmt gern den charakter eines schewa; und somit hat *miń* neben *mävlä* nicht zu viel befremdendes. Nach analogie der oben aufgeführten sprachen bekommen wir auch hier als ausgangspunkte für die entwicklung der pronominalformen 1. *ma*, 2. *ta*, 3. *ta* oder *sa*.

## 8. Das pronomen im Ungarischen.

Wenn in den bisher erwähnten sprachen die pronominale deklination eine fülle und mannigfaltigkeit von formen aufzuweisen hat, wie sich in den Indoeuropäischen sprachen nichts ähnliches findet, so ist das gegentheil in der Magyarensprache vorherrschend. Die affixe der lokalen verhältnisse sind im laufe der zeit abgeschliffen worden, und nur die exponenten einer mehr geistigen relation, die des genitivs, dativs und accusativs, sind geblieben. Um aber das wohlgefallen an formen gleichsam zu befriedigen, hat das Ungarische einen reichthum von prädikat- und possessivaffixen ausgebildet, welcher es neben die Samojedischen und Türkischen sprachen stellt. Das kommt in den enger so genannten Finnischen aufser hier nicht vor. Die gröfsere abstraktion und geistige freiheit, welche jene entwicklung unzweifelhaft in sich schliefst, wird sonach auf der anderen seite durch diese mannigfaltigkeit ausgeglichen.

Die formen des personalpronomens sind im Ungarischen:

Sing.

|      | 1.                          | 2.         | 3.      |
|------|-----------------------------|------------|---------|
| Nom. | ên                          | te         | ŏ       |
| Gen. | en-y-êm                     | ti-ê-d     | ö-v-ê   |
| Dat. | nek-em                      | nek-ed     | nek-i   |
| Acc. | en-g-em-et / en-g-em        | tê-g-ed-et / tê-g-ed | ô-t-et / ŏ-t |

Plur.

|      | 1.       | 2.        | 3.        |
|------|----------|-----------|-----------|
| Nom. | mi       | ti        | ŏ-k       |
| Gen. | mi-ê-nk  | ti-ê-tek  | ö-v-ê-k   |
| Dat. | nek-ünk  | nek-tek   | nek-ik    |
| Acc. | mi-nk-et | ti-tek-et | ŏ-k-et.   |

Eine ganz eigenthümliche form hat das pronomen der ersten person im singular. Nach der art der anderen, hierher gehörenden sprachen wäre man geneigt, das *n*, *ń* (*ny*), *ng*, als den gewöhnlichen erweiterungszusatz, und den charakterbuchstaben der ersten person *m*, der noch im plural hervortritt, als abgefallen zu betrachten. Im Ungarischen giebt es auch wirklich eine weise nomina zu bilden durch hinzufügung von *n, ń, g* u. s. w. zur wurzel oder zu einem wortstamm. Es sprechen jedoch mehrere umstände gegen eine derartige annahme. Erstens findet man das *n* nur bei der ersten person, obgleich es in allen übrigen sprachen, wo es vorkommt, in gleicher weise auch bei der zweiten person auftritt, wie dies hier mit dem *g* im accusativ der fall ist. Im letztgenannten casus der zweiten person wäre die beste gelegenheit gewesen, das *n* einzuschieben, wenn es nur zusatz wäre; statt dessen aber hat man den vocal verlängert. Man kann auch keine hinreichende erklärung für die ursache eines solchen wegwerfens des anlauts aufstellen. Einige wörter hat man wohl im Ungarischen, wo diese erscheinung eintritt, z. b. *hal* sterben, *öl* tödten, die unzweifelhaft aus einer, auch mit dem Finnischen *kuol-en*, sterben, gemeinsamen wurzel stammen. Hier aber galt es nicht eine derartige modificirung der bedeutung herbeizuführen, und *me, miéd, mégemet* hätten gewifs in übereinstimmung mit *te* u. s. w. stehen können. Die form *äm* im Wogulischen bildet gleichsam eine mittelstufe zwischen *me* und *én*, wie häufig das *m* am schlusse eines wortes in *n* übergeht. Mit Castrén[1] bin ich daher der ansicht, dafs hier eine lautversetzung vor sich gegangen und die ursprüngliche gestalt *me* gewesen ist, von der „der plural *mi* ganz auf dieselbe weise gebildet wird, als in der zweiten person vom singular *te* der plural *ti*". Uebrigens geschieht die deklination mit hülfe der personalaffixe, welche hier für den singular sind: 1. *m, em* 2. *d, ed* 3. *i*; für den plural: 1. *nk, ünk* 2. *tek* 3. *k, ik*. Die casusaffixe sind für den genit. *é*, dativ *nek*, accusativ *et* oder *t*, das bisweilen doppelt gesetzt wird, wie im *ö-t-et*. Die mit dem pluralzeichen *k* zusammengesetzten personalaffixe des plurals bewirken eine gröfsere schwächung, mit ausnahme des gen.

---

[1] Ueber die personalaffixe s. 190.

sing. *tiéd*, welcher nach der nominalen deklination *tedé* heifsen müfste. In der form für die dritte person *ô* findet man einen verwandten des Türkischen *o*, Mandschuischen *i* (welches geradezu als suffix der dritten person im Ungarischen vorkommt), und dem ersten elemente des schon erwähnten Burjätischen *ô-hön*. Die nominale deklination vermeidet oft den hiatus zweier vocalen durch ein eingeschobenes *v*, hier wird dies aus der vocalpotenz genommen, und es entsteht die form *övé*, nicht *ôvê*. Neben *ö* stellt sich übrigens das pronomen der anrede *ön*, dem Mongolischen *ene* u. a. ähnlich.

Wie die pronominal- und suffix-formen jetzt vorliegen, treten die charakter-buchstaben nur für die erste und zweite person unmittelbar hervor, als *m* und *t*. Die dritte hat den erwähnten vocal *ö*, und als affix abwechselnd die vocale *a*, *e*, *i* einfach, oder mit anlautendem *y*; in der passiven deklination kommt *k* als personalzeichen vor. Dies alles sind aber erscheinungen denen ähnlich, welche bei der darlegung des Finnischen *hän* oben hervorgehoben wurden. Dort mufste ein ursprüngliches *san*, *sin* für die Türksprachen angenommen werden, das als ein vermittelndes glied zwischen den mannichfaltigen formen des Mongolischen, Türkischen, Tatarischen stand. Das anlautende *s* ging bisweilen in aspiration oder *h* über, das sich wieder zum *k* erhärtete, oder gänzlich wegfiel. Nur so können auch im Magyarischen die verschiedenen formen zusammengestellt werden. Das *y* gilt dem ganzen sprachstamm als eine aspiration, und wechselt zunächst in dieser sprache öfters mit h ab. Diesem *h* entspricht in einigen Ungarischen wörtern einerseits *s*, andererseits *k*; dafs es endlich ganz verschwinden kann, haben wir schon gesehen. Diese von einander abweichende formen scheinen daher auf ein früheres *s* als charakter für die dritte person hinzudeuten. Was den vocal betrifft, so machen die vielen suffixformen eine wahl zwischen mehreren möglich. Wie man aber bei den jetzigen demonstrativen *ez*, *ezen* dieser, *az*, *azon* jener gar nicht zweifeln kann, dafs sie

— 47 —

beide, in bedeutung und form, auf *az* zurückzuführen sind, so muſs man auch beim pronomen und den suffixen *a* als den urlaut, als die ursprünglichste und natürlichste vocalisation des pronomens betrachten. Die bekannten *ma, ta, sa* machen dann auch vom Magyarischen standpunkt den anfang der verschlungenen entwicklung aus.

### 9. Das pronomen im Ostjakischen.

In der reihe der hier betrachteten Finnischen sprachen bildet das Ostjakische, wie geographisch, so auch in grammatischer und lexikalischer hinsicht das am fernsten liegende glied. In keiner von diesen herrscht auch mehr diese flüssigkeit der sprachlaute, welche die auffallendsten veränderungen zuläſst. Castrén sagt hierüber, daſs in den verschiedenen dialekten die consonanten ebenso willkürlich wechseln wie die vocale [1]. Man findet daher im allgemeinen in dieser sprache alle diejenigen gesetze der lautverwandlung repräsentirt oder angedeutet, welche sich im ganzen sprachstamm kundgeben. Besondere beachtung verdient das oft feine gefühl, das in der vokalisation und den lautübergängen hervortritt; ein auslautendes *a* geht in *e* oder *i* über, ein consonant im schlusse wird bald verhärtet, bald erweicht, je nach einwirkung der übrigen consonanten.

Da Castrén in seiner arbeit über das Ostjakische nur das pronomen der Irtysch-dialekt besonders hervorhebt, gilt die darstellung auch hier bloſs diesen. Die casusendungen im Irtysch-dialekt sind: dativ *a, e*; loaktiv *na, ne, n*; abl. *iwet, enk*, bei den pronomina aber *att*; Instrukt. *at, nat*, beim pronomen treten zwei casusendungen auf einmal auf: *ad-at* mit suffix dazwischen; im pronomen kommt noch ein besonderes accusativzeichen *t, at, et* vor. Der pluralcharakter ist gewöhnlich *t*, tritt aber in der dritten person des pronomens als *g* hervor; der des

---

[1] Castrén, Versuch einer Ostjakischen sprachlehre s. 19.

duals *gan*, *ḱan*, *kan*. Die pronominale deklination nimmt auch im Ostjakischen in mehreren casus suffixe an. Ich führe hier nur diejenigen auf, welche vorkommen:

|  | 1. | 2. | 3. |
|---|---|---|---|
| Sing. | em | en | et, ed. |
| Dual. | emen | eden | eden. |
| Plur. | em, en. | eden, ed. | et, ed. |

Nach diesen andeutungen ist die ganze deklination bis auf die vocalveränderungen klar und verständlich. Die formen derselben sind, nach der früheren methode in ihre elemente zertheilt, folgende:

Sing.

|  | 1. | 2. | 3. |
|---|---|---|---|
| Nom. | ma | ne-ṅ | teu |
| Accus. | ma-n-t | ne-ṅ-at | tew-at |
| Dat. | me-n-em / ma-n-t-em. | ne-ṅ-en | tew-et |
| Lok. | ma-na | ne-ṅ-na | teu-na. |
| Ablat. | ma-att-em | ne-ṅ-att-en | tew-att-et |
| Instr. | ma-ad-em-at | ne-ṅ-ad-en-at | tew-ad-ed-at. |

Dual.

|  | 1. | 2. | 3. |
|---|---|---|---|
| Nom. | mî-n | nî-n | tî-n. |
| Acc. | mî-n-at / mî-n-et | nî-n-at / nî-n-et | tî-n-at |
| Dat. | mî-n-emen | nî-n-eden | tî-n-eden. |
| Lok. | mî-n-na | nî-n-na | tî-n-na. |
| Ablat. | mî-n-att-emen. | nî-n-att-eden. | tî-n-att-eden. |
| Instr. | mî-n-at-emen-at. | nî-n-ad-eden-at. | tî-n-ad-eden-at. |

Plur.

|  | 1. | 2. | 3. |
|---|---|---|---|
| Nom. | me-ṅ | ne-ṅ | te-g |
| Accus. | me-ṅ-at | ne-ṅ-at | te-g-at |
| Dat. | me-ṅ-ew-a | ne-ṅ-ed-a | te-g-et |
| Lok. | me-ṅ-na | ne-ṅ-a | te-g-na |
| Abl. | me-ṅ-att-em | ne-ṅ-att-eden | te-g-att-et |
| Instr. | me-ṅ-ad-ew-at | ne-ṅ-ad-eden-at | te-g-ad-ed-at. |

Auch in dieser sprache findet man das stammerweiternde *n*, zunächst in dieser allgemeinen gestalt an mehreren formen des ersten personalpronomens, an allen personen und casus des duals. Diese gemeinschaftlichkeit in seinem gebrauch legt seinen charakter vollkommen dar, als den eines *allgemeinen zusatzes*, von nur phonetischer oder lieber verstärkender bedeutung. Als solcher wechselt es in der zweiten person singul. mit *ṅ*, in der dritten mit *u*, welche beide, sammt vielen andern buchstaben, als erweiterungszusätze gebraucht werden können. Unsicher ist dagegen, ob nicht das *ṅ* im plural vom einfluſs eines früheren pluralzeichens *g*, das noch in der dritten person vorkommt und in den jetzigen dualendungen *gan, kan* beibehalten ist, herstammt. Weil nun aber dies *n* ganz denselben werth hat, wie andere unwesentliche, phonetische anhängsel, so kann man es auch nicht als dem stamm angehörig betrachten. Es wird sogar im abl. und instr. weggeworfen, obwohl dadurch ein hiatus entsteht.

Die anlautsconsonanten der ersten und dritten person sind dieselben wie in mehreren Finnischen sprachen: *m* und *t*. Was die zweite person betrifft, weicht das *n* von den übrigen sprachen ab. Betrachtet man aber die suffixformen des duals und plurals, so tritt hier überall *d* oder *t* auf[1]. Wie es nun im allgemeinen der fall ist, daſs die suffixe den ursprünglicheren consonantencharakter aufbewahrt haben, so muſs man es auch hier annehmen. In der that können *t* und *n* im ganzen sprachstamm wie im Ostjakischen mit einander wechseln, und die veranlassung dazu hat das bedürfniſs, die zweite und dritte person auch lautlich zu unterscheiden, gegeben. Wir bekommen daher die charakterbuchstaben *m, t, t*, das letzte vom demonstrativum *ta*, jener, herstammend.

Schon am anfang dieser untersuchung habe ich die interessante, dem Ostjakischen besonders eigenthümliche veränderung des stammvokals erwähnt, und diese als eine

---

[1] vgl. Castrén, Ueber die personalaffixe s. 192, 194.

schwächung der vokalpotenz aufgefaſst, um so stärker je länger der zusatz zum worte war. Dieser zug geht durch die ganze vokalisation der sprache, was die veränderungen des endsilbenvokals betrifft, und die stufenfolge der entwicklung von *a* zu *e* und *i*, *i*, und wieder von *a* zu *o* und *u*, bewährt sich immerwährend. Es ist daher kein zufall, wenn dieser wechsel auch den wortstamm selbst berührt, kein zufall, daſs man *ámp*, hund, sagt, aber *impem* mein hund, *lĕk* spur, *likam* meine spur, *pôm* gras, *pûmem* mein gras, und so auch *kádn* zwei, *kimet* der zweite. Nach diesem gesetz sind auch die verschiedenheiten des wortstammvokals im pronomen zu beurtheilen. Hier, wie im Finnischen, zeigt sich noch die ursprüngliche gestalt *ma*, aus der die entwicklung begonnen hat, erhalten, obwohl auch in den indirekten casus ein zusatz folgt; aus welchem grunde, kann nicht ermittelt werden. Es ist hierbei doch nicht ohne bedeutung, daſs die endung oder die zusätze überhaupt sich abgeschwächt haben, wo der ursprüngliche vokal noch dasteht: so *man-t* gegen *neṅ-at*, *ma-na* oder *man-a* (das eine *n* ist weggeworfen) *neṅ-na*, ma-attem ne-ṅ-atten u. s. w. Im dativ aber tritt dieselbe schwächung bei gleicher endung ein, obgleich daneben ein ungewöhnlich gebildetes *mantem* steht. Ist hiernach das verhältniſs zwischen *a* und *e* festgestellt, so ist es schwerer zwischen dem pluralen *e* und dualen *i* zu entscheiden; man hätte das *i* im plural erwartet, weil dieser numerus gewöhnlich die gröſste schwächung hervorruft. Einige formen sind wohl im dual schwerer, andere aber treten vollkommen ähnlich auf. Wie dies nun auch sein mag, und ob hier früher die schwere dualendung ihre wirkung ausgeübt hat, so viel steht fest, daſs die schwächung jetzt bestimmte vocale für beide numeri ausgewählt hat, und sonach ein übergang zur numeralbezeichnung durch umlaut vorhanden ist. Nach allem, was angeführt ist, kann man sicherlich hier als urformen der Ostjakischen personalpronomina ma, ta, ta aufführen, denn auch die suffixe der zweiten und dritten person lauten bisweilen *da*, *ta* (*ñ* ist ein zusatz), und das demonstrativum, das unzweifelhaft die dritte person war, lautet ebenso *ta.*

Leider bin ich nicht in der lage das verwandte Wogulische hier aufzuführen. Aus Hunfalvys darstellung geht hervor, dafs es eine noch ursprünglichere stufe einnimmt[1].

## Uebersicht.

Wir haben das gebiet des personalpronomens in den Finnischen sprachen durchwandert. Ausgangspunkt und schlufs bildeten dabei die hier als ursprünglich betrachteten formen, im Finnischen sogar neben mehr entwickelten erscheinend, wodurch das vergleichen erleichtert wurde. Alle mittelstufen weisen auch, sei es durch die verschiedene vokalisation der formen, oder die ähnlichkeit mit anderen in derselben weise zusammengesetzten pronomina, darauf hin, dafs wir es mit späteren bildungen zu thun haben, welche nur aus einer grundform *ma, ta, sa* genügend erklärt werden können.

Ich mufs hier eine andere ansicht über die veränderungen des pronominalstammes im plural näher erörtern, weil sie für die gegenwärtige untersuchung vom gröfsten gewicht ist, und wenn wahr, die beweiskraft derselben beträchtlich schwächt. Es ist dies eine von prof. Boller in einer seiner vortrefflichen abhandlungen, veröffentlicht in den sitzungsberichten der Wiener Akademie, ausgesprochene ansicht über das pluralzeichen in den Finnischen sprachen[2]. Er nimmt nämlich an, dafs die formen *mi, ti* dadurch entstanden sind, dafs der pronominalstamm mit dem auch anderswo auftretenden zeichen des plurals, *i,* zusammengeschmolzen sei. In der that kommen eben diese

---
[1] Hunfalvy Pál, Magyar Akademiai Értesítő. 1859.
[2]; Die deklination in den Finnischen sprachen, in Sitzungsber. bd. XI, 1853 s. 960.

formen als plurale nominativen im Syrjänischen, Wotjakischen, Magyarischen (im Mordvinischen *min, tin*) vor, als gegensätze zu den singularen *me, te, mon, ton*, wie Boller nachgewiesen hat, und auch im Lappischen ist dies der fall. Nun ist zwar das eigentliche pluralzeichen für die meisten idiome des ganzen stammes *t* oder *k*. In den übrigen, indirekten casus der genannten westfinnischen sprachen (Suomi, Lappisch, Estnisch) ist an die stelle des consonantischen exponenten ein vocalischer, *i*, getreten, der sich übrigens auch in den verwandten sprachen nachweisen läfst[1]. Wäre hiernach dies *i* als der ursprung der verschiedenen pronominalbildungen anzusehen, so stünde es gewifs schlecht mit der in dieser arbeit versuchten erklärung. Noch gewichtigere gründe stellen sich aber einer solchen annahme in den weg. Ich will darauf kein grofses gewicht legen, dafs mehrere sprachen schon durch die dem plural beigefügten personalsuffixe den numerus hinlänglich bezeichnet haben, und dafs z. b. in den Magyarischen genitiven *tié-d, tié-tek* die verschiedenheit der zahl *nur durch das suffix* ausgedrückt wird. Wichtiger scheint es mir, dafs aufser oder neben diesem *i* häufig die spur eines anderen pluralzeichens sich nachweisen läfst. So treten im Syrjänischen die meisten casus mit einem *ya* bereichert auf. Nur einmal zeigt sich dies *ya* im singular, aber dann mit *na* abwechselnd, sonach dort eine in dieser sprache bisweilen vorkommende verstärkung. Warum findet sie sich aber so oft im plural wieder? Man braucht nur das gewöhnliche pluralzeichen *yas* zu kennen, um das *ya* sofort mit diesem hier in allernächsten zusammenhang zu ziehen; im dat. plur. wechseln die formen *na-ya-lü* und *sü-yös-lü*. Im Lappischen tritt dies noch deutlicher hervor, zumal seine entstehung aus dem pluralen *k* bewiesen wird. In der schriftsprache heifst nämlich der allat. plur. *mi-ǵ-idi, si-ǵ-idi*; im Vefsen-dialekt dagegen hat der plural überall ein *ye, ǵ, ǵe*, das unzweifelhaft aus dem *k* entstanden ist.

---

[1] Boller l. c.

Besonders aber ist hervorzuheben, daſs der *i*-vocal auch im singular vorkommt, und zwar in den sprachen, in welchen er entschieden als pluralcharakter gilt. Das pluralzeichen im Wotjakischen ist *yos*. Wollte man nun das schon erwähnte *ya* z. b. im Syrjänischen *mi-ya-n* blos als eine erweiterung des in *mi* steckenden pluralzeichens ansehen, als einen leeren nachhall des lautes, wie es bisweilen im Sanskrit vorkommt, so hätten sicherlich auch die pluralformen des Wotjakischen sich desselben bedient, um dadurch eine gröfsere übereinstimmung mit dem gewöhnlichen pluralzeichen zu gewinnen. Das ist aber keineswegs der fall. Andererseits hat der singular bisweilen i, was wegen der ähnlichkeit mit der mehrzahl vermieden werden sollte. Das Finnische stellt sich wo möglich noch entschiedener der erwähnten annahme entgegen. Wie kann der singular *i* haben und der plural *e*? Wenn der stammvocal des plurals in den übrigen sprachen wirklich *wegfiele*, und sich nicht nach dem gewicht verschiedener endungen blofs modificirte, so dürfte wohl dies besonders im Finnischen geschehen, wo ein auslautendes *e* immer vor *i* wegfällt. Hier bleibt aber das *e* im ganzen plural vor *i*: *me-idän*, *me-illä* u. s. w.; umgekehrt hat der singular *mi- -nun*, *mi-nulla* und so fort. Auch die Tscheremissische sprache hat diese eigenheit aufzuweisen. Die pluralbildung geht von einem stamme *mä*, *tä* aus, die singulare von *mi*, *ti*, obwohl auch hier *yas* als gewöhnliches pluralzeichen auftritt. Sieht man, wie Castrén, das *s* als eigentlichen charakter an[1], mit dem Lappischen *h*, Finnischen *t* verwandt, so wären hier entweder zwei pluralzeichen, das erste mit einem halbvocale *y*, und der pronominalstamm hätte dennoch im plural kein *i*, oder das *ya* wäre ein blofser erweiterungszusatz, und sonach keine veranlassung vorhanden, den pluralen vocal zu *i* zu machen. Zugleich aber würde man dem *y* des pluralcharakters im Syrjänischen *yas*, Wotjakischen *yos* alle wesentliche

---

[1] Elementa gramm. Tscherem. s. 23.

bedeutung absprechen, sie konnten daher in keiner weise den abfall des wortstammvocals bewirken. Und von einer auderen seite betrachtet ist es kaum möglich zu begreifen, wie die Mordvinischen und Lappischen formen *mon, ton* im plural *mi, ti* oder *min, tin* heifsen könnten. Es ist nämlich ein allgemeines gesetz im ganzen sprachstamm, dafs diese harten vocale nicht einmal im auslaut, wo sie doch mit geringerem nachdruck stehen, verändert oder weggelassen werden. Als innerer procefs der lauttrübung aufgefafst, erklärt sich der vorgang viel leichter.

Es gehört eigentlich zum zweiten theile dieser untersuchung, das verhältnifs der lautverschiebungen auf Asiatischem gebiet darzulegen. Es sei mir aber hier auch nur ein flüchtiger blick in die ferne gegönnt, um dadurch ein helles und aufklärendes licht über die bisherige entwicklung zu werfen. Wie könnte man von dem erwähnten standpunkte aus formen mit *a* im plural, gegenüber solchen mit *i* im singular erklären, wie z. b. in der Burjätischen zweiten person *ši, šińi* plur. *ta, tanai*? Was aber der ganze vorgang der veränderung in sich trägt, was eigentlich ihre bedeutung und auch die art ihrer entstehung ist, das liegt in den personalformen des Tungusischen so klar vor, dafs ein mifsverständnifs unmöglich ist. Dort sind nämlich *alle casus des singulars denen des plurals vollkommen entsprechend, nur der stammvocal ist ein anderer*. Gegen *bi* ich, *mińi, mindu, mińäwä, minduli* zeigt daher der plur. *bu, muńi, mundu, munäwä, munduli* u. s. f. regelmäfsig durch alle casus der beiden ersten personen. Die dritte person unterscheidet in gleicher weise die zahl durch wechsel eines consonanten: *nuńan* er, *nuńar* sie, abl. *nuńanduk*, plur. *nuńarduk*. Es ist ein consequent durchgeführter umlaut des stammvocals, der auch nicht vom einflufs eines vocalischen numeralzeichens bewirkt sein kann, weil es ein solches nicht giebt. Warum aber der singular *i*, der plural *u* hat, ist hier nicht der ort zu untersuchen. Diese thatsache und der vorgang bei der dritten person stellen es fest, dafs der zahlunterschied durch sogenannte innere abwandlung bezeichnet wird. Wie daher die hier entwickelte auffassung, auch nach dieser richtung hin, als die natürlichste erscheint, so hat sie sich überhaupt im Finnischen, was die stufen der vocaltrübung betrifft, am deutlichsten gezeigt. Wir sahen dort eine fülle verschiedener formen, wie sie sich in keiner anderen sprache dieses stammes wiederfindet, und in allen war das gewichtgesetz beobachtet worden. Das Finnische steht sonach an der Spitze der ganzen reihe, und die anerkennenden worte Boller's, die er über die deklination ausspricht, finden auch hier ihre anwendung: „Die einzelnen bildungen fallen so offenbar mit der in voller durchsichtigkeit in Suomi zu tage tretenden, inneren sprachform zusammen, dafs es unmöglich ist, in ihnen ein ursprüngliches unmittelbar aus dem schöpfungsacte des sprachgeistes hervorgegangenes zu verkennen" [1]. Versuchen wir uns ein bild des zustandes zu entwerfen, der im ganzen Finnischen zweige vorherrschend war, ehe die einzelnen sprachen sich von einander getrennt hatten, so sehen wir erstens, dafs diese urfinnische sprache dem pronominalstamm einen zusatz zu geben geneigt war, und dafs sie eine entschiedene vorliebe für ein *n*, *ń* hatte. Es scheint doch, als ob dies *n* gewöhnlich nur für den singular gebraucht worden sei, denn in den meisten sprachen findet es sich nur dort, sei es, dafs der pluralzusatz es überflüssig machte, oder aus irgend einem anderen grunde. Auf der anderen seite beweist die verschiedene vocalisation, die doch auf ein gemeinsames gesetz zurückgeführt werden kann, dafs eine derartige vocalwandlung dieser urfinnischen sprache nicht unbekannt sein konnte, obwohl sie es noch nicht selbst völlig und consequent durchgeführt hatte. Und eben in dieser hinsicht steht das Finnische im vordergrunde, da es dies princip angenommen und in durchsichtiger klarheit entwickelt hat. Wir können vielleicht in den vielen formen

---

[1] Boller, Die deklination in den Finn. sprachen. Sitzungsb. XII s. 185.

des Finnischen eine andeutung sehen, daſs die gemeinsame muttersprache der Ugrier, der Wolga- und der Dwina-Finnen, sammt der Lappländer und der Suomalaiset ebenso einen reichthum der formen aufzeigte, in welchem die vocalbestimmung nach vielen richtungen hin schwankte. Ohne daraus weitere schlüsse für jetzt ziehen zu wollen, scheint es doch merkwürdig, daſs sonach die ursprünglichen formen der personalpronomina gerade mit denen der Indoeuropäischen sprachen, *ma*, *tva* oder *tu*, *ta*, zusammenfallen. Und ganz wie in den Finnischen sprachen wechselt auch hier der anlautsconsonant der zweiten und dritten person, indem er bisweilen als *t*, bisweilen als *s* auftritt.